The Pure White Lady Intelligence Officer

で私は生まれてきたんだろう？」

――『薄幸のロザリンド』最終巻より

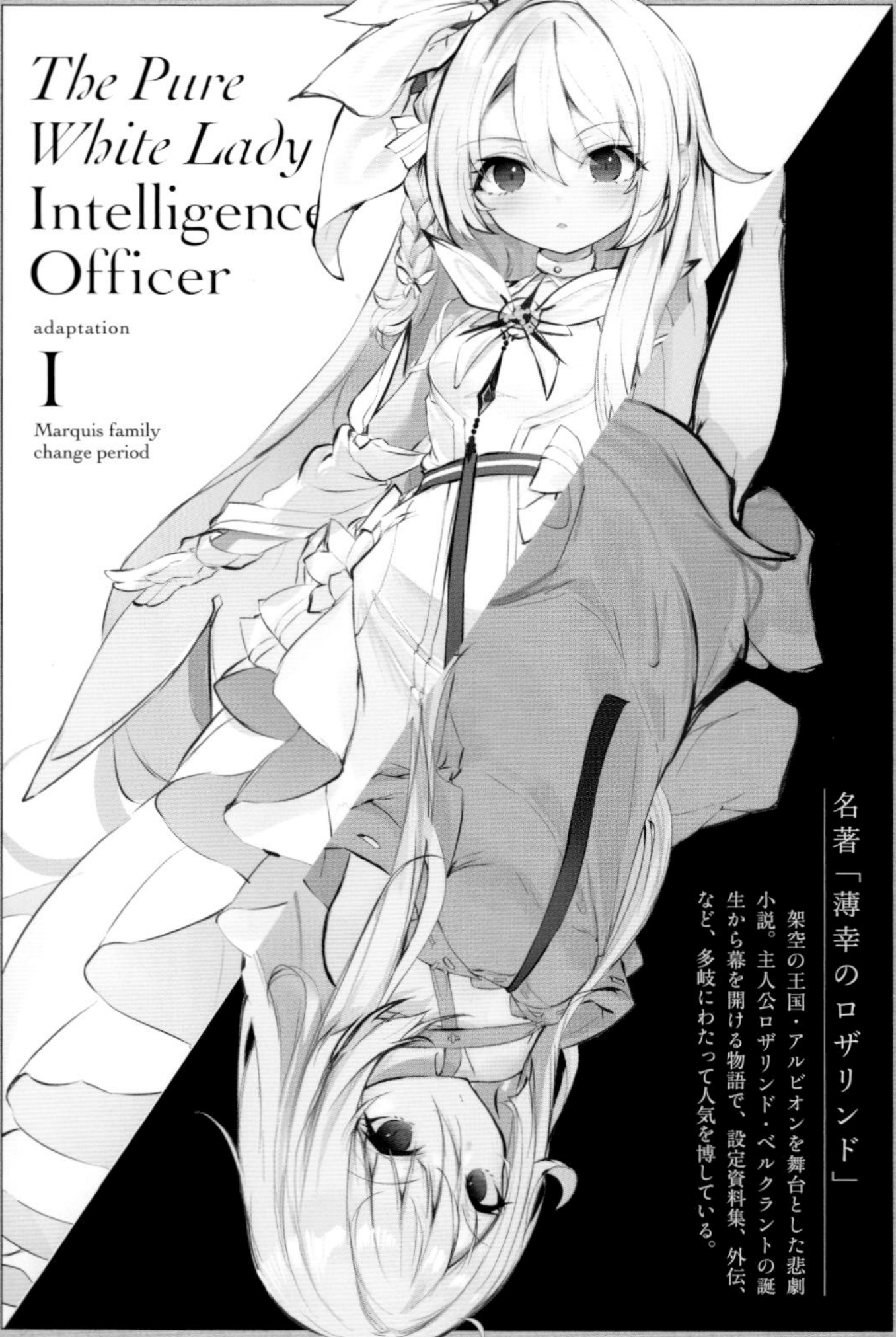
The Pure White Lady Intelligence Officer
adaptation
I
Marquis family change period
名著「薄幸のロザリンド」
架空の王国・アルビオンを舞台とした悲劇小説。主人公ロザリンド・ベルクラントの誕生から幕を開ける物語で、設定資料集、外伝、など、多岐にわたって人気を博している。

「大丈夫だよ、ロザリー。
アタシもマスターも、
絶対にロザリーを見捨てたりしない」
令嬢と従者、地下牢の日々

Rosalind Bellclant
ロザリンド・
ベルクラント
侯爵家の令嬢。生まれもった白い髪と肌、深紅の瞳のために、不吉な少女として忌み嫌われている。

ルイス
Lewis
物憂げなベルクラント家の従者。剣の腕が立ち、直感も鋭い。
「順調だな……あと一手で、私たちはロザリンド様に会うことができる」
「さすがマスター。まさか、こんな追い込み方があるなんて――」
ニシャ
Nisha
スラム出身の少女。荒廃した環境で育ったという境遇から、格闘術にも秀でている。
ラプター
Raptor
某国最高峰の諜報員。破壊工作や、革命の先導などあらゆる任務を成功させてきた。

「ありがとう、ニシャ……。なら、私は……」

純白令嬢の諜報員
改編Ⅰ．侯爵家変革期

桜生 懐

ファンタジア文庫

3155

口絵・本文イラスト　ファルまろ

The Pure White Lady Intelligence Officer

INDEX

プロローグ――

「薄幸のロザリンド」という小説がある――

私はこの小説がとても好きだった。既刊全巻、及び設定資料集、外伝、コミカライズ版、スピンオフ作品等を全て読み、それら全ての内容も一字一句、挿絵一枚違わず記憶している。

生まれてこの方、感情らしい感情を抱いたことのない私であったが、初めて「好き」「好意」という感情を抱き「同情」「怒り」「悲しみ」そして「救済欲」というものを抱いたのも、この小説に出てくる主人公の少女、ロザリンドに対してであった。

そして私は今、本日発売の最終巻を朝一番に書店で購入し、潜伏場所に戻るまで待ちきれず、近くにあったベンチに座って、灰色に濁る空の下、何も警戒せずに読み耽《ふけ》っていた。

普段の私ならば、普段の私を知る者たちから見ればありえない軽率さであったが、私はそれほどに、この物語がどう完結するのかが気になって仕方なかったのだ。どうロザリンドが幸せになってくれるか、今までの苦労が報われるか――

だが――

「なんだこれは……」

読み終えて思わずそう呟《つぶや》き、身体《からだ》から力が抜けて、手に持っていた最終巻がアスファルトの地面に落ちた――

「なんだこの……最悪な終わり方は――」

何かが頰を伝い、拭ってみるとそれは涙だった。

「涙……」

演技以外で涙を流したのも生まれて初めてだった。そして、私の人生が終わるのも――

「…………無警戒過ぎたか――」

そうして私が人生の幕を終える前に脳裏に広がったのは、今までの人生、走馬灯のようなものと、薄幸のロザリンドの物語だった。

某国諜報員《ちょうほういん》、コードネーム「ラプター」――

それが私の呼び名だった。名前は無い。歳《とし》は今年で二十四になる。

孤児であった私は物心つく前に国の諜報機関に引き取られ、様々な訓練を受け、まだ十にも満たない頃から諜報活動に従事し、時には破壊工作、革命の先導・暗殺・要人警護から果ては影武者まで、あらゆる任務を受け、その全てを成功させてきた。

与えられた役割を全てこなし、そして「ラプター」の名が与えられた。

コードネーム「ラプター」とは、私が所属する諜報機関で最高のエージェントに与えられる称号のようなものだった。

それが私の、名も無き男の、つまらない人生のあらましだ――

私は幼い頃から感情というものを抱いたことがなかった。

ただ与えられた訓練をこなし、与えられた任務を、役割をこなしてきた。そこにはなんの達成感も、怒りも、悲しみも、喜びも、楽しみも無く、ただただ空虚だった。私の心は穴の空いた器のように常に空っぽだった――

だが、そんな私の感情を大きく揺さぶり、空虚な心を動かしたのがこの「薄幸のロザリンド」に他ならなかった。情報収集の一環としてたまたま手に取ったこの作品であったが、今思えば、きっとこれは運命の出会いだったのだろう。

何人もの死者を出した苛酷な訓練を課した教官や、到底成功できるはずもない死ににに行くような任務を命じてきた上司にでさえ抱いたことのない「怒り」や「憎悪」「殺意」を抱かせ――

任務を達成した時にも、昇進した時にも「ラプター」のコードネームを与えられた時でさえ抱かなかった「喜び」や「高揚感」を教え——

そして自分自身の境遇や、哀れな人間を見てもなんとも思わなかった私が、初めて「哀れ」「可哀想《かわいそう》」という感情を呼び起こされ、先ほどに至っては、生まれて初めての涙まで流したほどに、私の心を打った作品だった。

薄幸のロザリンド——

物語はローマの建築技術が継承され、衛生環境の水準は近世並みの中近世ヨーロッパ風の架空世界「テラー」にある、アルビオン王国と呼ばれる国を舞台に、主人公・ロザリンド・ベルクラントの誕生から幕を開ける。

アルビオン王国十大貴族に数えられる、ベルクラント侯爵《こうしゃく》家に生を享《う》けたロザリンドは、生まれつき肌や髪が雪のように白く、瞳の色は真紅になり、極端に日光に弱くなる奇病、日光病《にっこうびょう》に罹《かか》っていた。

この日光病者はアルビオン王国内では不吉な者と呼ばれ、忌み嫌われていた。

ロザリンドの父であるベルクラント侯爵エドワードも例に漏れず、この根拠の無い噂《うわさ》を信じ、そして何よりも体面を極端に気にする傲慢な男であるエドワードは、自身の娘が病持ち、しかも日光病者などということが世間に知られることを嫌い、出産に立ち会った医師に嘘《うそ》の診断書を書かせ口封じをすると、表向きにロザリンドは死産と公表して、実際は屋敷の地下牢《ろう》へと幽閉したのだ。

この時、生まれる前に決めていた名前から日光病の赤子はロザリンドと名付けられた。

当時ベルクラント侯爵家には当主エドワード、当主夫人イザベラ、そして嫡男であるワイアットがおり、エドワードはいわずもがなだが、実の母であるイザベラもロザリンドのことを忌み子として嫌い、存在そのものを忘れようとした。

実の兄であるワイアットも一族の恥晒《はじさら》し、同じ血が流れているということを思うだけで虫唾《むしず》が走る、「いっそのこと殺してしまったらどうか?」などと口走るクズ共であった。

仕える主人たちがそうであるならば。と、他の使用人たちもロザリンドのことを見下し、ロザリンドの味方は、世話を任された女中長・オリビア以外誰もいなかった。

上述のとおりエドワード・イザベラ・ワイアットの三人はロザリンドを一族の恥だと扱い、むしろ生かしている自分たちは人格者だとすら思っているようなクズ共であり、使用人たちもロザリンドのことを「薄汚いドブネズミ」などと蔑む始末であった。

ロザリンドはそれでも自分に友好的な世話係であった女中長オリビアに愛され、読み書きや言葉を教わり、足腰が退化しないように牢内を歩き回るなど運動を行っていたが、そんなオリビアもロザリンドが九歳のときに病で亡くなってしまう。

この時ロザリンドは、雪のような白い肌に純白の絹のような白い髪、まつ毛の長い大きな二重の真紅の瞳を持つ、天使のような容姿を持った、絶世の美少女に成長していた。

だが、新しい世話係はロザリンドのことをドブネズミと罵り、世話に来るたびにロザリンドに罵声を浴びせるような筆舌に尽くし難《がた》い、私が人生で初めて明確に殺意を覚えた人物で、名を「メアリー」という。

そしてそのメアリーのためにロザリンドは心を閉ざし、それ以降人間不信になってしまう。

この作品にはこうして殺意を覚えるキャラクターが次々に登場するから困る。

そしてロザリンドが十一歳の頃、当主であるエドワードが流行病《はやりやまい》によって病死し、嫡男であるワイアットがベルクラント家当主となり、領地及び爵位を継承すると、ロザリンドに対する扱いがエドワードの時よりも悪化した。

食事は日に一食だけ、それもパン一切れとクズ野菜のスープといったような粗末なもので、さらに癇癪《かんしゃく》持ちのワイアットは腹の立つことがあると、度々地下牢に下りてはロザリンドを口汚く罵り暴力を振るった。

ワイアットは、私が知る限りのありとあらゆる知識を総動員して、どれほど時間をかけて苦しめ尽くして殺してやろうかと、何度空想したかわからないほどに憎い男だ。

そしてロザリンドが十五歳となる頃、アルビオン王国は隣国のグスタフ王国からの侵略戦争を受け敗北し、グスタフ王国領へと併合され、旧アルビオン貴族は悉《ことごと》く処刑、もしくは領地及び爵位を没収され庶民へと降格させられた。

それは戦争時アルビオン王国を裏切ってグスタフ王国についたベルクラント家も例外ではなく、ワイアット及びその母イザベラ含めた一党は、君主を裏切った不忠者として絞首刑となる。

ロザリンドはその境遇から罪を免除されるも、六年もの間満足な食事も与えられず地下牢へと幽閉されていたため、病的に痩せ細り、自身では立てないほどに筋肉が退化し衰弱しており、王都のスラム街へと捨てられてしまう。

そのロザリンドを哀れに思い保護したのが、当時十七歳であり、女でありながらその強さで王都のスラム街で悪名を馳《は》せていた一匹狼《いっぴきおおかみ》の少女、名を「ニシャ」という――

当時ニシャはこれからどうしようかという将来への不安に苛《さいな》まれており、似たような境遇のロザリンドに同情したのだ。

そこへ、好奇心からお忍びで王都内を探索していた、アルビオン大公としてアルビオンの統治を任されていたグスタフ王国国王の嫡男であり、次期国王であるカール・ヴォルフ王子の目に留まり、ロザリンドとニシャは二人とも保護され、アルビオン王城に住まうことになる。

ロザリンドは家族や今までの境遇もあり人間不信で、ニシャ以外誰も信用できなかったが、カール王子やニシャの優しさと献身的な介護に、徐々に健康と人としての心を取り戻していき、日光病以外は普通の女中と変わりなく働くことができるようになるまで回復する。

そしてロザリンドとニシャはカール王子へ恋心を抱くようになった。

が、そこへカール王子の政略結婚相手である婚約者、マルタン王国のベルリッカ王女がアルビオン王城に訪れる。ベルリッカは心からカール王子を愛しており、それを察したニシャは身を引くも、ロザリンドは諦められないと、カール王子をめぐる恋の三角関係に発展する――

そして、カール王子がロザリンド、ベルリッカ、どちらを選ぶか？　どちらも選ぶか？

その答えが載っていたのが、先ほど私が読んでいた最終巻であった。

「こんな結末……あってはならない……作者は頭がおかしいのか――？」

あろうことか、最終的にカール王子はロザリンドではなくベルリッカを選んだ。そうして自らの恋が敗れたロザリンドは「カール王子とニシャとベルリッカ王女の未来が幸福でありますように」という手紙を残して王城を去り「何で私は生まれてきたんだろう？」という言葉を残して崖へ身投げし、物語は終わった――

この作者は遅筆で有名であり、その証拠に外伝やスピンオフ作品のほうが本編の数倍刊行されている。現にこの最終巻は前巻発売から数年かかってようやく刊行されたものだった。

「バカげてる……」

私がどれほど焦がれる気持ちでこの最終巻を心待ちにしたと思っているのか？　そして散々待たされた挙げ句がこの結末か？

呟きながら携帯を手に取って情報統括本部へ緊急用の回線を使い通信を行った――

「こちら本部。ラプター、何があった？」

「敵に囲まれた。脱出は難しいと思われる」

周囲を軽く見回しただけでも、路地裏、屋内、屋上、道路、そこかしこから、こちらを狙っている視線、そして目に見えずとも、肌に感じる敵意・殺気の数は優に百を超えている。

やろうと思えば脱出できないでもないが、もうこのオチを見た後では、そこまでして生

きたいという理由もなかった。

「ラプターなんとか脱出はできないか？」

「いや……疲れた……」

空虚だ……酷《ひど》く空虚だ……ロザリンドと同じだ——

「私は……何のために生まれてきたのだろうか……？」

ロザリンドではないが、そう呟かずにはいられなかった。

「ラプター？」

「……なんでもない。生きて情報を渡すつもりはない。自決装置を起動させる」

「……ラプター、貴方《あなた》のお陰でこの国は何度も救われた、貴方のお陰で救われた命が数えきれないほどあった——」

そんな言葉がいったい何になるのだろうか？　全くこの心に響かない。たとえ何万人何億人救われようが、ロザリンドが救われなければ、私にとって意味がないのだ——

「最後に、何か言い残すことはあるか？」

「………」

コートに仕込んだ超小型高性能爆弾の起爆コードを入力しながら遺言を考える。だが、どれほど考えても、出てくる言葉は一つだけだった。

「私なら……」

「私なら、なんだ？」

「私なら……どんな手を使おうと、絶対にロザリンドを幸福にさせるのに――」

そして、私は、起爆ボタンを押した――

光が発せられ、次に大爆発が起きたのだろう、それを確認できないまま私の意識は途絶えた――

一　鷲は舞い降りる

「おーい、兄ちゃん、大丈夫か？」

「ん……？　んん……⁇」

男の声が聞こえ、薄々とする意識の中で、目を開ききる前に反射的に起き上がって声の方向から距離を取り、瞬時に体の状態を確認しながら（四肢や指は動くか、五感に異常はないか等）、声をかけてきた男を見た。

「うわっ！　驚いたじゃねえかっ⁉　道端で倒れてると思って声をかけただけだよっ！そんな警戒すんなって！」

ぼやける目を擦《こす》りながら男を見、次いで辺りを見回してみると、男の服装や風景からして全てがおかしい。私は先ほど敵国首都のアスファルト舗装の道とコンクリート製の建物に塗《まみ》れた市街地で自爆を行ったはずであるのに、体に欠損や負傷箇所もなく、思考もクリアだ。

それに、ここはどう見ても閑散とした、枯れ木や常緑樹が広がる街外れのような場所であるし、道も主要街道らしき所は石畳だが、そこから一歩でも外れた場所はほとんどが土道や麦畑らしき畑が広がる、とても現代とは思い難《がた》い光景が広がっていた。

目の前の男の服装も中近世の農民のようだ。というよりも、薄幸《はっこう》のロザリンドの世界観にかなり近い。いや、もはやそのものと言っても過言ではなかった。目で見える部分だけではない。私の感性や感覚がそう告げている。

「私の服も、変わっている……」

先ほどまでスーツを着ていたのに、今は薄幸のロザリンド世界の中近世の組み合わせのような意匠の平民服を着ている。

「スー……」

ゆっくりと息を吸い、頭を動かす。諜報員はどんなときでも慌てず、騒がず、取り乱さず、常に平常心を保ち、瞬時に状況を把握し、そしてどんな環境にも適応する能力が求められる――

「失礼しました。実は先ほど転んで頭を打ってしまったようで、少し記憶がおかしくなっているようです……」

男の言葉が聞き取れるということは、こちらの言葉も通じるはずだと、相手を安心させる微笑を浮かべながら男に返答した。

「そうなのか、そりゃぁ大変だなぁ、街に行って医者に診てもらうといいかもしれねえぞ」

予想どおり言葉は通じるようだ。次に、もう一つの重要な疑問を解消するために口を開いた。

「失礼ですが、今は創世暦何年で、何月何日で、ここはどこでしょうか？」

創世暦とは薄幸のロザリンド世界で使われている紀年法で、創世元年に唯一神であるサク＝シャがこの世界を創世したためそう言われている。

暦法は現実世界と同じく太陽暦、一年十二ヶ月三百六十五日制が採用され、太陽があり、月があり、四季があるも、小氷河期であるため夏は現代のように暑くならない。という設定だ——

そしてロザリンドは一〇九〇年一月一日生まれだ。

「おうよっ、今年はキリがいい数字だから俺でも覚えてるぜ！　今年は創世暦一一〇〇年だよ！　今日は十月一日だぜ。ちなみにここは王都の近郊だよ。ほら、あそこに見える街が王都だ！」

男が指さした先を見ると、麦畑の下、遥《はる》か先に見たことのある街並みが広がっていた。

設定資料集の挿絵や「薄幸のロザリンドイラストアルバム」で見た、アルビオン王国の首都ロンディニウムに他ならなかった。

「流石《さすが》はアルビオン王国の王都ロンディニウム、遠目からでも分かるほど素晴らしい街並みですね」

「そうだろう？　じゃ、俺は用があるからそろそろ行くぜ」

「わざわざ心配していただいて、ありがとうございました」

「いいってことよ。じゃあな」

男が去るのを見つめ、丁度傍《そば》に置いてあった貯水樽の水面を見た。

「うん、私の顔だ——」

そこには間違いなく私の顔が映っていた。どうやら、(仮定するに)この世界へ転移するにあたって容姿や身体《からだ》の変化は起こらなかったようだ。そうして自分が改めて自分のままであることを確認した私は、眼下に広がる光景を見た——

「間違いない……ここは……薄幸のロザリンドの世界だ——」

これは私が死ぬ間際に見ている走馬灯なのか、死ぬまでのボーナスタイムのようなものなのかは判《わか》らない。だが、どちらにせよ、ここが薄幸のロザリンドの世界の中で、今が創世暦一一〇〇年だというのなら——

「今ロザリンドは十歳、オリビアが死んで丁度一年近くが経《た》っている……」

やることは一つだけだ――

「ロザリンドを……いや……」

頭をゆっくりと横に振った。美しく最後まで高潔であった彼女を、私ごときが呼び捨てにするなどおこがましい――

「ロザリンド様を幸せにさせてみせる――」

私が知る限り、ロザリンド様はどのような逆境にも毅然《きぜん》として立ち向かい、身投げされる最後の瞬間まで、誰も恨まず、確固たる自身を持たれていた。

そして恩人であるニシャだけでなく、自身を振ったカール、そして恋敵であるベルリッカの幸せを祈っておられた素晴らしいお方だ。

ならば私はロザリンド様の従者として、僕《しもべ》としてロザリンド様を陰に日向《ひなた》にお支えしよう。原作のような不幸な展開や結末は絶対に起こさせない。どのような手を使っても必ず幸せにして差し上げよう。たとえ、それが私の一方的な押し付けの好意だったとしても
――

そう覚悟を決め、私はまず王都へと足を進めた。

私は薄幸のロザリンド本編含めた設定資料や関連書籍全てに、限定版のショートショー

トや作者のあとがきやインタビュー記事、どの書籍にも収録されていない雑誌限定のエッセイ等、薄幸のロザリンドに関することなら全てを完全記憶している。

そのため王都ロンディニウムの地図及び【神の視点】と呼ばれる、現実ならそれを手に入れるまで相当な苦労をしなければ得られないような情報も知っている。

ロザリンド様を助けたニシャの居場所を始め、スラム街のギャングの種類やボス及び幹部の顔と名前、その根城や金の隠し場所、暗号、金庫の解錠番号まで、載っている情報なら全て分かっている。

さらには各登場人物の思考や心情、生い立ち等、通常なら当人以外が、いや、当人さえ知り得ぬことも、だ。

「ロザリンド様がおわすベルクラント領は、王都からかなり離れた場所にある……まずは準備が必要だ――」

それと、救えるのならロザリンド様の次に幸福にしたい相手、ニシャが王都のスラム街に住んでいる。今は十二歳のはずだ。

「……まずはニシャを助けに行こう」

呟《つぶや》きながらロザリンド様をお救いし、できればニシャを救う計画を、心中でまとめる。

まずは王都へ向かい、有力ギャングのボスの屋敷に潜入して、隠し金庫から金品（かさばらず、換金しやすく、国家や情勢に関係なく一定の価値を持ち、私が盗んだと足の着かないもの、大きすぎず誰の物と特定できない金貨や宝石類が望ましい）を奪い、当面の活動資金を得た後、ニシャを保護し、仲間・協力者・パートナーになってもらい、ベルクラント領へ行き、ベルクラント家に使用人（それもロザリンド様専属）として仕える——

「…………」

考えながら歩いていると王都ロンディニウム、その表通りへと辿《たど》り着いた。

一面に石畳が敷かれた煉瓦《れんが》造りの中近世ヨーロッパ風の建物が目の前一面に広がっている。そこにいる人々も、貴族風の高級服を着た者、庶民服を着た者、鎧《よろい》を着た兵士や傭兵《ようへい》、よくよく見れば、建築様式や服装は中世ヨーロッパではありえない、近世からローマ風のものまで入り混じった、まさしく中世ヨーロッパ「風」であり、これこそが薄幸のロザリンド世界だと言えた。

右手首を出して左手の人差し指と中指を当てて脈を測る。

「脈拍が上がっているな……」

鼓動も珍しくドキドキと高鳴っている。この私が、高揚、興奮しているのか？　こんな感覚は薄幸のロザリンドの新刊を買いに行く時くらいしか感じたことがない。

「さて……行くとするか——」

幸い夕日が落ち始めている。屋敷へ忍び込むにはいい頃合いだ。このロンディニウムにはロゴスとサロメという二大ファミリーと呼ばれるギャング組織がある。今回盗みに入るのは、ロゴスのボス、マクミラン・ステファノスの屋敷だ。

「………」

通行人のふりをして屋敷を横目に見て回る。警備状況は門の前に数人の見張りと番犬、裏手も同じようなものだった。

「ザルだな……」

そうして屋敷に侵入する仕度をしていると、丁度マクミランが馬車に乗って屋敷から出ていった。

「丁度いい……」

呟きながら途中で拾った、麻袋に目の部分だけ穴を開けたものを被り顔を隠し、警備と番犬の目を掻《か》い潜《くぐ》って裏手より屋敷内に侵入した。

監視カメラもセンサーもないこの世界で潜入など、たとえ王城であろうが赤子の手をひねるよりも容易《たやす》い。

薄幸のロザリンドスピンオフ作品「相克のギャング」第一巻特装版限定ショートショート「マクミランの秘密」に載せられていた情報が正しければ、目的の隠し金庫はマクミランの寝室のベッドの下にあるはずだ。

屋敷内の使用人や手下の目を掻い潜り、エントランスの階段を上り、目的の寝室へ辿り着くも、ドアノブを回すと鍵がかかっていた。

「予想どおりだな……」

途中にあった建設現場からくすねた針金と細い釘《くぎ》を使い、数秒で解錠し寝室へ侵入、鍵をかけ、ベッドの下から目当てのダイヤル式の金庫を引っ張り出した。

「右五、左七、左五、右七、右七――」

ショートショートに載せられていた番号どおりに右左にダイヤルをひねるとカチリ、という音とともに解錠した。金庫を開くと、中には大量の金貨や宝石、証券の類が入っていた。

その中から部屋の中に置いてあった革袋の中に金貨と宝石を口がしまる程度に入れられるだけ入れ、ダイヤルを締め直して金庫を元の場所に戻し、また誰に見つかることもなくマクミラン邸を後にし、被っていた麻袋を捨てながら雑貨屋に向かい、旅人と思われるように旅行鞄《かばん》を買い、服屋で着替えを数着買い鞄へ詰めて宿屋へと向かった。

宿屋「シュパンダウ」――

隣国であるグスタフ王国人のミュラー夫婦が経営している、主に中産階級の市民や旅人が利用する木造建築の宿屋で、一階が酒場、二階部分が宿になっている。

夫婦の人柄や看板娘の気立てもよく、グスタフ領となってからもお忍びでカール王子が飲みに来るほど雰囲気のいい店、という設定だ。

「いらっしゃい！　あらぁ～っこりゃいい男だねえ～！」

私の顔を見るなり女将《おかみ》である恰幅《かっぷく》の良いクラウディアがそう声を上げた。

「おいオヤジ女将が他の男に見惚《みと》れてんぞ！」「マジで色男じゃねえかっ⁉　気を付けろ！　テレジアもアブねえぞ‼」「そこいらの女衒《ぜげん》や男娼《だんしょう》なんか目じゃねえな兄さんっ！」

「どうも、ありがとうございます」

囃《はや》し立てる男たちに礼を言いながら、小首を傾《かし》げ笑みを返し軽く頭を下げると、歓声と指笛が返ってきた。実際に入ってみると、確かに雰囲気がいい。客質もよく、心地よさが肌を通して感じられた。

「女将さん、とりあえず一週間ほど二人分の部屋を借りたいのですが、大丈夫ですか？」

「あいよっ！　長客は大歓迎、それが色男ならもっと大歓迎さ！　テレジア、案内してやりっ！」

「は～い母さん、お泊まりなら部屋はこっちです……よ――？」

そしてディアンドル風の服を着て、赤毛の長い前髪を真ん中分けしたシュパンダウの看板娘、テレジアが余所見《よそみ》をしながらやってきて、私の顔を見て動きを止めた。

「……私の顔に何か？」

「いっ、いいえっ、おっ、お客さん、があんまりにも色男なんで、ちょっとびっくりしちゃって……」

「ありがとう。そう言うキミこそ美人だね。まるでエーデルワイスのようだ」

「あ、ありがとうございます……」

ニッコリと笑顔と言葉を返すと、テレジアは顔を真っ赤にさせて俯《うつむ》いた。

「オヤジぃ！　マジでテレジアがアブねえぞお！」「俺のテレジアちゃんがー‼」「うるせえっ！　お前ら新規のお客を困らせんじゃねえ‼」

「騒々しくってすみません」

部屋へ私を案内するため、二階への階段を上っているとテレジアがそう謝った。

「いや、皆が楽しそうでとてもいい雰囲気だと思う。私はこういうお店、好きだよ」

「あっ、ありがとうございますっ、そっ、そういえばお客さん、お名前はなんていうんですか？　一応、帳簿に書かないといけないので……」

「……ラプター。孤児出身でね、姓はないんだ」

「そっ、そうなんですか、なんだかすみません。では、ラプターさんとお呼びすれば？」

「ああ構わない。キミのことはテレジアさんって、呼べばいいかな？」

「よっ、呼び捨てで結構ですっ。こっ、こちらがお部屋になりますっ！」

　そして二人用の小さな客室に通された。ベッドが二つにクローゼットが一つ、鏡の付いた化粧机が一つあるだけの簡素な部屋だ。

「トイレと洗面所は共用で一階に、洗濯物やお風呂は有料になりますので、言っていただければご用意します。基本料金は宿代だけですので、一階での飲食代もまた別料金となっています」

　テレジアは部屋の燭台《しょくだい》を灯《とも》しながら説明をしてくれる。

「お連れの方は遅れてくる予定ですか？」

「ああ、明日にでも合流する予定だ。テレジア、これは一週間分の宿代の半金と、キミへのチップだ。受け取っておくれ」

　旅行鞄を置きつつ、金貨を一枚渡すとテレジアは恐縮したような反応をした。

「こっ、こんなにっいただいてっ」

「いや、いいんだ。その代わり、明日から少し、頼み事が多くなるかもしれない。いいかい？」

「は……はいっ！　喜んでっ！」

そうしてテレジアは顔を赤くさせながら一階へ下りて行った。私も荷物を置き、金貨や宝石の入った革袋の中身を三つに分け、一つは自分が持ち、残りの二つは天井板や床板を外してその中に隠し、一階へと下りた。

カウンター席に腰かけて、宿主であり一階の酒場のマスターでもあるミヒャエルに声をかける。

「マスター、この店のお勧めの料理とビールとウイスキーをいただきたい」

「あいよっ！」

店主の返事とともに、ビールがなみなみ注がれた中ジョッキとウイスキーのショットグラスが差し出される。

「んくっんくっ」

まずはビールで喉を潤す。サーバーや冷蔵庫といった技術がないため、常温の温《ぬる》いビールであったが、逆に風味が立って現実世界のものと同じくらいの味に感じた。

「ふぅ……」

ビールを飲み切り、次にウイスキーに手を付けた。ツンとくるアルコール感の中にも、バニラのような甘いメロー感のある香りを感じられる。これもこれで中々悪くないウイスキーだった。

「お待ちっ！」

しばらくそうして酒を味わっていると、メインである目玉焼きがのせられたビスマルク風ステーキに、ソーセージと蒸かしたジャガイモが付け合わせられた鉄板にパンとスープ、フォーク・ナイフ・スプーンが差し出された。

スプーンフォークナイフが普通に使われ、ジャガイモがあり、下水道は整備されて公衆浴場がある世界観。これだけですでに近世ヨーロッパ並みであるが、こと衛生概念だけでいえば、十八世紀のヨーロッパを凌駕《りょうが》しており、十九世紀後半から二十世紀初期クラスと言っても過言ではない。

「うん……美味《うま》い――」

ビールもウイスキーも出された料理も、その全てが文句なく美味いと感じられた。何よりも、薄幸のロザリンド世界の料理を食べられている、ということに我ながら感動していた。

そして酒を飲みながら声をかけてきた女性たちや常連客を上手《うま》くあしらい、料理を食べきって部屋に戻りベッドの上に横になった。

「ふぅ……」

色々と激動の一日であったが、人生、こんなこともあるのだろう。死んだと思ったら自分が好きだった小説の世界に入り込んでいた。とある哲学者曰《いわ》く「死は語り得ぬものであり、全ての価値は世界の外側に存在する」という。ならば、こういうことがあっても不思議ではない。私にとって、死を超えたここが世界の外側であり、真の価値ある場所なのだろう。

一人そう納得して、明日ニシャを仲間にするための、ニシャを救うための算段を立てながら眠りについた——

二　スラム街の少女、ニシャ

翌日、早朝に目覚めた私は顔を洗い歯を磨き、一階へ下りて朝食をとり、ニシャを救うべくスラム街へと向かった。

スラム街――

王都ロンディニウムに存在する貧困街であり、王国の庇護《ひご》を受けられない移民、浮浪児《ふろうじ》、浮浪者、無法者、犯罪者が住んでいる場所であり、一般市民が近づくことはおろか、ギャングですら来ることを躊躇《ためら》うと言われているほどの、この国の最下層と言える場所だ。

原作では、ここに捨てられたロザリンド様を哀れに思い保護したニシャは、このスラム街の二番街と呼ばれる場所の最奥《さいおう》に居を構えているとのことだ。

設定資料集にもそう書かれており、誰ともつるまぬ一匹狼《いっぴきおおかみ》で、自分の身体《からだ》目当てに近寄ってきた男を誘惑するフリをして殺し金品を奪い、また、自身が敵《かな》わぬような相手ならば屈辱を感じながらも身体を許す、という生活を送っているはずだ。

ニシャはオリビアと同じく、ロザリンド様の次に私が愛着を抱いた登場人物だ。

既に故人であるオリビアの病死はどうしようもないが、ニシャは今助けることができる。わざわざあと五年後まで、あの愚物、私にとって最大の殺害対象であるカール王子が助けに来るまで待つ必要はないのだ。

「…………」

スラム街へと足を踏み入れてからそこかしこからこちらを獲物と見ているスラム民たちの視線を感じる。が、私はワザと殺気、威圧感を発してスラム民たちを牽制《けんせい》しながら、ニシャがいるはずの二番街最奥へとたどり着いた。そしてそこには、目の前には、あの、物語の中でしか在り得なかった、ニシャがいた――

「……なんだお前？　アタシに何の用だ？」

そう発せられた声に、思わず感嘆の声が零《こぼ》れる――

「ああ……」

小麦色の肌に、黒髪をデタラメに切ったようなガタガタのおかっぱのような髪形、目付きの悪い少しツリ目がかった二重の翡翠《ひすい》のような緑の瞳、細長い鼻に小さな口、間違いなくニシャだった――

原作では初登場時十七歳であったニシャは、もっと背も高く、程よく肉付いていたが、

十二歳である今のニシャは、設定資料集で見たとおりの、痩《や》せ細った、それでも眼光は鋭く、獣のような殺気を纏《まと》っている、年不相応に物騒で小柄な少女であった。

「ニシャ、だな？」

私は感動している気持ちを抑えて、目の前にいるニシャに声をかけた。

「……ああ、そうだが、アンタ誰だ？　アタシに何の用だ？」

不審そうに上目遣いで、いつでもこちらに飛び掛かれるよう臨戦態勢で答えたニシャに、私は右腕を差し出した。

「お前を救いに来た。私のパートナーとなってくれニシャ――」

ニシャは一瞬キョトンとし、何を言われたのか、ワケが分からないという顔をした。

「……何言ってんだお前……？　アタシの聞き間違いか？　救いに来た。って聞こえたんだが、買いに来た。の、間違いじゃねえか？　まぁ、アンタのツラなら女に困ることはなさそうだけどな」

間髪いれずに答える。

「聞き間違いじゃないよニシャ。私は、とある不幸なお方を救うために生きている。協力者が欲しい。そして、私は、お前にも幸せになって欲しい。だから、私のパートナーに、協力者になってくれニシャ」

ニシャが顔をしかめ怪訝《けげん》そうな表情を浮かべる。

「アンタ……クスリでもキメてんのか？　それともアタシを舐《な》めてんのか？　スラム街のガキなら、甘い言葉をかけりゃ簡単に喰《く》いつくとでも？　ほいほい付いてこさせて奴隷商人にでも売りつける気か？」

「いいや、私は正気だよニシャ。それにお前を食い物にするつもりもない。悪いことは言わない。私のもとへ来いニシャ。そうすれば、毎日温かい美味《おい》しい食事と安全な寝床を保証しよう」

「……なんだお前……？　マジモンのイカレ野郎か？　だいたい、なんでアタシの名前を知ってんだよ？」

ダメだ……通常ならもっと人の心を操る言葉が出てくるはずなのに、感情が先行してしまっている――

「考えても見ろ、こんな未来の見えない場所で、いつ襲われるか、いつ死ぬか分からないような掃き溜《はだ》めで、常に何かに怯《おび》え、将来も見通せない不安なままずっと生きていくつもりか？」

「だったとして、それがお前になんの関係があんだよ?!　とっとと失《う》せろ！　じゃなきゃ殺すぞ‼」

私の核心をついた言葉に、ニシャは激昂《げっこう》し、愛用のダガーを取り出して構えた。

誰にでも噛《か》み付く攻撃性、危うい目と雰囲気、まさしく狂犬のようだった。

「…………」

おかしいな？　ニシャは心の底では安息を求めていたはず。だからカール王子の誘いに乗ってスラムを後にしたはずだが……？

「十七になって、落ち着き出して考え方が変わったのか……」

「なにブツブツ言ってんだコラッ‼　ガキだと思って甘く見るんじゃねえぞ‼」

今のニシャは落ち着き出した十七歳時とは違い、十二歳。反抗期真っ盛りのようなものなのだろう。世界の全てが敵で、今後や将来、そう言ったことは一切考えていない。

もしくは考えていたとしても、このスラム街から出たいと思っていたとしても、急に現れた見ず知らずの胡散臭《うさんくさ》い男に「救ってやる」などと大上段から偉そうに言われれば、誰だって反発心を覚えるし、頷《うなず》く方がどうかしているというものだ。

「まいったな……これは……私のミスだ……」

自分の至らなさに思わず額を手で押さえた。こんな体たらくでよくラプターを務めていられたものだ……。もっと上手《うま》い言い方、接し方、説得法がいくらでもあったというのに

――

「確かに、胡散臭いし、信じられないよな？　私もそう思う。だが、信じて欲しい。ニシャ、私のもとへ来い――」

どうしてこんな不器用な言葉しか出てこないのか？　まるで自分が自分でないようだ――

「うるせえ、もういい。気安く私の名を呼ぶんじゃねえよ。お前、金持ってそうだしな、殺すことにする――」

「……そうなるよな？　あまり、手荒なことはしたくないんだが――」

私が言い切るよりも速く、ニシャは一瞬で距離を詰め、私の胸にダガーを突き立てようとし、私はその横を歩いてすり抜けるようにダガーを奪いつつ躱《かわ》した。

「……あ？」

ニシャは自分の横をこともなげにすり抜けた私と、空になった手を見、一拍して声を上げた。

「っ⁈　てっ、てめぇっ、今何しやがった⁈」

自分の必殺の一撃が躱されたこと、そして気付かぬ内に得物を奪われ、空になった両手を見たニシャは狼狽《うろた》えるように私を睨《にら》みつけ、声を荒らげた。

「躱しただけだよ。ほら」

ダガーを投げ返す。

「……なんのつもりだ？」

投げ返されたダガーを受け取りながら、ニシャは射殺さんばかりの視線で私を睨む。

「可愛《かわい》らしい狂犬め。お前のような奴《やつ》は、一度はっきりどちらが上か下か示さないと安心を感じられないのだろう？　いいだろう。かかってこい。なるべく、優しく倒してあげよう」

「舐め腐りやがってっ……‼　上等だぁ‼　お望みどおり殺してやるよっ‼」

小柄なニシャはウェイトや体格で遥《はる》かに自分を凌《しの》ぐ相手と戦うためにダガーによる突きに特化した戦法をとる。勿論《もちろん》狙いは急所、ゆえに躱しやすい。

「なっ⁉　かっ‼」

鳩尾《みぞおち》を狙い突進してきたニシャのダガーが私に刺さる手前で、その両肩に両手を置いて左軸足に力を込め軽く突き飛ばす。リーチの差からニシャのダガーは私に届かず、ニシャは自身の勢いも相まって勢いよく地面に尻餅をつくように倒れる。

「終わりか？」

「なっ、舐めんなっ‼」

すぐさま立ち上がり右逆手にダガーを握って、斬撃を放とうとするフェイントを見せながら、私の心臓へ振り下ろそうと、右腕を振りかぶった瞬間、一歩間合いを詰め、両手刀でニシャの顎を押すように力を込め突き飛ばす。

「⁉」

　またバランスを崩されたニシャは姿勢を崩し滑って転んだように尻餅をついた。

「っ⁉　クソがっ‼」

　立ち上がろうとするニシャのバランスを崩させるよう左顎へ突き出すように右手を繰り出す——

　ドサッ！

「なっ⁉」

　それだけで立ち上がろうとするニシャの不安定な状態に正反対の力がかかることによって、ニシャは受け身もとれずに、倒れ、それを幾度か繰《く》り返す。先程からニシャに使っている技は東洋の武道の技で、相手を極力傷付けず無力化できる、今の状況にとって理想的な武術だった。

　だが、とはいえ、私も極力ニシャを傷つけない力加減で技を放っているが、それでも下手な受け身をとれば、そもそも受け身がとれなければ、骨折や脱臼、靭帯《じんたい》損傷、筋肉剥離等は免《まぬが》れない。

だというのに、驚くべきことに、ニシャはその特出した天性の戦闘センスで初見の技に合理的な、怪我《けが》をせずすぐに反撃できるような受け身を取っているのだ。

「ぐっ……‼」

まだ立ち上がり右手にダガーを握って向かってくるニシャのダガーを躱しながらすれ違い様にその首下へ、ラリアットをするように右腕を伸ばし、まともにくらったニシャはまた仰向けに倒れた――

「がっ⁈　なっ……なんなんだお前っ……‼」

――――

ニシャは今まで出会ったことのないタイプの人間であるラプターに対して、違和感や恐怖、気色悪さというものが入り混じった複雑な思いを抱いた。ワケがわからない。と――そもそも、自分を救おうなんていう人間が現れるワケがない。

自分は殺すか殺されるか、奪うか奪われるのかの世界でずっと生きてきた。金や食べ物のために何人もの人間を殺したし、敵《かな》わない男には身体を許し陵辱されてきた。

身も心も手も穢《けが》れきっている自分を、慰《なぐさ》み者・汚れ役・奴隷商人や女衒《ぜげん》に売る以外で必要とする人間などいはしないのだ――

それに、強さだってそうだ。今まで色々な奴等《やつら》と殺し合いをしてきたが、こいつは違う。まるで次元が違う。勝てる勝てない以前に、そもそも人と戦っている気がしない。まるで、巨大な岩壁が目の前にあるようだ。と――

「なんなんだよ……っ！」

金髪のミディアムヘアに切れ長なまつ毛の長い二重の金色の瞳。クッキリとした形のいい中高な鼻、薄く広い唇、細い顎、百九十センチ近くはある長身に、しなやかな筋肉質の体つき――

目の前の男は信じられないくらい、鳥肌が立つほど美しい顔と身体、そしてその低くも甘い声色を含めて、非の打ち所のない、まさしく完璧な人間のモデルのようであった。

そんな完璧な男が、本気で自分を救いに来たのか？　そんなワケがない――

「あ、アンタ……どうして――」

そうして、何度も投げ飛ばされ、足腰に力が入らなくなったニシャが、ラプターの真意の判別がつきかね、声をかけようとすると、路地裏から十数人のスラムに住むボロ切れを着た薄汚い男たちが姿を現した。

その手には刃こぼれし錆《さ》びたナイフや剣等の武器が握られている。

「おいおい、ニシャよぉ、この間はよくも仲間を殺《や》ってくれたなぁ？」

「てっ、てめえらっ……！」

よりにもよって最悪なタイミングだとニシャは舌打ちをした。

「なんだニシャ、知り合いか？」

「そんなんじゃねえよ。前にアタシを犯そうとしてきたから、殺してやった男の仲間たちだ」

ラプターの問いに吐き捨てるようにニシャが答えた。

「ふむ……そうか……」

「なんだニシャ、もうボロボロじゃねえか」「丁度良いや！」「おい、手前の色男はどうするよ？」「俺らぁ男でもいけるからこいつもやっちまおうぜ！」「いいな‼」

「「ぎゃははははっ‼」」

「借りるぞ」

「おっおいっ！　お前は関係ねえんだからとっとと逃げろやっ‼」

男たちの下卑《げび》た笑い声や視線にまったく臆することも、逃げる素振りも見せず、地面に落ちていたダガーを拾ったラプターにニシャが声を上げた。

だが、ラプターは逃げるどころか、男たちへと振り向き、横顔を後ろのニシャに向け、微笑を浮かべた。

「言っただろう？　お前を救いに来た、と」

　そうして男たちに向き直ったラプターの背中に、ニシャは生まれてから感じたことのない、言いようのない感情を覚えた。

「なんだ兄ちゃん、俺たちとやる気か？」「そのキレイな顔に傷がつくぜ？」「どっちみちキズモノにはなるけどな」「ぎゃははははは‼」

「丁度良い。ニシャ、基本的な戦い方、ダガーの効率的な使い方を教えよう。よく覚えておきなさい――」

　そのままラプターは戦意も敵意も殺気も発さず、ダガーを左手に握ったまま、まるで親しい友人に対して足を進めるように男たちへと距離を詰めた。

　男たちもラプターのあまりの無防備さと、ある種の穏やかさに、戦意どころか手を出すことも躊躇うように、反応に困っていると――

「まず、戦うときは常に冷静でいること、感情はしまい、できるだけ自然体で、頭を働かせるんだ。相手の目的・狙い・強さ、そして自分がどう動き、どう対処するのかを。次に相手の目、その次に全体を見ること。目は口程に物を言う。相手の目を見てその動き、心情、狙いを見分けるんだ」

そして、ラプターは友人に握手を交わすような親しげさと、目にも止まらない速さで先頭の男の頸動脈《けいどうみゃく》を斬り裂いていた。

「えっ？」

男が自分が斬られたことに気付いたのは、その首から大量の血飛沫《ちしぶき》が噴き出してからであった。

「こうやって頸動脈を斬るときは、最低でも四センチ以上深く突き刺すように斬ること。でないと頸動脈まで刃が届かない」

男が首を押さえ倒れた瞬間、ぼんやりしていた男たちが一瞬で殺気づいて武器を構え、ラプターへ攻撃を仕掛けた——

「暗殺の場合はまず喉を突くか掻き切ること。そうすれば、仲間を呼ばれる心配はなくなる。トドメはその後でいい」

「おっおいっ‼」「野郎やりやがった‼」「やっちまえ‼」

「次に、多人数を相手にする場合、死角に入られること、囲まれることは避けること。できるなら狭い路地や屋内に誘《おび》き出し、常に一対一の状況になるように持ち込むこと」

そしてラプターは男たちの攻撃を紙一重のギリギリさでありながら、余裕があると傍目《はため》に感じられるほどの挙動で躱し、一人、また一人と致命傷を負わせていった——

「攻撃の際、できるだけ予備動作は見せないこと、狙いがばれないよう、狙う箇所を見ないこと。逆にそれを利用して、視線でフェイントをかけ、相手にこちらの狙いを誤解させることも忘れるな。上を狙う振りをして下を、またその逆を、次に、最小限の動きで最大限の威力を発揮させること」

「ぎゃあっ⁈」「いぎぃっ⁉」「げっ‼」

「腕を狙うなら腋の下、ここは止血がしにくく致命傷になりやすいうえに、神経も集中しているから激痛だ。敵の動きを止められる。足なら太腿《ふともも》を深く刺せ、ここは大腿《だいたい》動脈が通っているし、致命傷にならずとも行動が制限できる」

そして言葉どおり一人の男の腋の下を刺し、次の男の太腿を深く突き刺した——

「あああ‼」「いてぇぇぇぇぇぇ‼」

「腹を刺すなら基本的にどこでもいいが、確実に殺したいのなら、心臓、鳩尾といった正中線、それに加え長時間苦しませたいのなら、肺や膀胱《ぼうこう》を狙うこと。そして必ず根元まで刺し、そして捻《ひね》ることを忘れるな」

「げぎゃっ⁈」

肺や膀胱を深く突き刺され、さらに捻られた男たちはその地獄の激痛に眼振を起こしながら地面に倒れ、聞いているだけでも気が狂いそうなほどの呻《うめ》き声をあげながらのた打ち回っている。

「刺突時に最も大事なことは引くこと、抜くことだ。刺して抜く、これを忘れるな。予備の武器を持っておくことも好ましい。多人数戦の場合、抜けないと判断したら、その得物を捨て、予備に持ち替える判断力も必要だ」

そうして、気付けば、暴漢はあと一人だけとなっていた。

「まっ……待ってくれ、なっ、なんでもするっ！　金なら持ってるだけ渡すからっほらっ‼」

武器を捨て、両手を前に突き出して金の入った袋を投げ捨てた男に、ラプターはゆっくりと近づいて――

「最後に――」

「こっ⁈」

男の喉に真っ直《ます》ぐダガーを突き刺し、そのまま後ろへ回り――

「病気が感染《うつ》る可能性と、服が汚れるから、できるだけ返り血は浴びないこと――」

そう言って男の喉に刺さったダガーを引き抜いた。大量の血飛沫が飛び、男は首を押さえて倒れ、窒息に苦しみながらパタパタと足を動かし、やがて動かなくなった。

「分かったかニシャ？　ありがとう。これは返すよ」

ラプターはナイフの返り血を振って飛ばし、懐から取り出したハンカチで丁寧に拭ってハンカチを捨てながら、刃の部分を握って柄の部分がニシャへ向くように差し出した。ニシャはそのダガーを受け取りながら――

「あっ、アンタを……しっ……信じてもいいの……か？」

そう問いかけた。

ニシャは物心ついたときからずっとここ、スラム街で生きてきた。殺し殺され、奪い奪われ、犯され、あらゆる悪事に手を染めてきた。

自分に向けられる視線は、侮蔑、欲情、畏怖、軽蔑、それだけだった。だというのに、ラプターが自分に向けるその、優しく慈しんでくれているような瞳に、その心からとわかるほどの、優しい声色に。

そして、自分を守るために男たちと戦ってくれたときの大きな背中、その圧倒的な強さ、スラム街でも悪名を馳《は》せる腕利きの十数人の男たちを傷一つ受けず、返り血一滴も浴びずに、僅か数分にも満たぬ間に皆殺しにした。

それも一切の容赦なく、残酷に、そして無感情に。

最初はただのイカれた裕福な貴族かとも思ったがそうではない。人を人とも思わぬ、家畜を屠《ほふ》るように男共を殺したその金色の瞳は、全てのモノに価値など無いというような、信じられないほど冷たいものだった。

それなのに、何故《なぜ》か、何故か自分を見る目だけは、親が子を慈しむように優しい――そのアンバランスさに、初めて向けられた、親愛、愛情とも呼べる視線に、ニシャは思わず縋《すが》りたくなってしまった。生まれてずっと誰にも頼らず生きてきたのに――

「ああ。行こう、ニシャ。私はこの世界で二人だけ幸せになってもらいたい人がいる。その内一人がお前だ、ニシャ――」

そうして差し出された手を――

「ふふっ……まったく……ホントにアンタはイカれてんな。最後まで何を言ってるのかよく分かんねえ――」

ニシャは握り返したのだった――

「ふふっ、私も自分でそう思う」

「アンタ、名前はなんて言うんだ？」

ニシャは立ち上がりながらそう問いかけた。

「孤児出身でね、名前はないんだ。だが、周りの人間は私のことをラプターと呼んでいたよ。だから、ニシャの好きなように呼んでくれ」

「そう……じゃぁ……」

そうしてニシャは暫《しばら》く何かを考えるようにしながら、意を決したように口を開いた。

「マスター！」

そう笑顔とともに発されたニシャの言葉に、ラプターは思わずドキリとした。嬉《うれ》しさのような感動がこみ上げてくるように。

「……それでいいのか？」

「ああ、さっきあれほど偉そうに講釈垂れてた癖になに言ってんだ。だから、今日からアンタはアタシのマスターだ！　よろしく頼むぜっマスター！」

「ふふっ、そうか。なら一つ覚えておけ。私は、厳しいぞ？」

「ここより厳しいことなんてないだろ？」

「言えてるな」

そうしてラプターとニシャは笑い合いながらスラム街を後にし、宿屋へ向かった——

三　ニシャへの手ほどき

「テレジア、風呂を頼む。あとハサミと櫛《くし》と新聞を借りられるかな？」

「はいっ！　大丈夫ですよっ！　で……その……そ、そちらのお嬢さんが昨日おっしゃっていた、お連れの方……ですか？」

私の後ろに立って私の上着の裾を握っている、見るからにスラム街の浮浪児《ふろうじ》といったボロボロの格好をしたニシャを見て、テレジアだけでなく女将《おかみ》と親父《おやじ》や昼間から酒を飲んでいる常連の客たちも顔をしかめた。

スラム街の住人は、成人だろうが幼子だろうが激しい差別の対象となるためだ。

「そうだよ。護衛を雇っていたんだけど、道中賊に襲われたらしくてね、命からがら逃げ出してきて、やっと今日ここへ辿《たど》り着けたようなんだ。な、ニシャ？」

「はい……正直……ぐすっ……つっ、捕まったときは、しっ、死ぬかと思いました……っ」

私に合わせて、怯《おび》えた表情をしながらニシャが俯《うつむ》いて声を震わせた。その演技力もあって、ニシャを厄介そうな顔で見ていた女将や親父、常連客たちはサッと悪いことをしたというような表情を浮かべる。

こういう時はあえて言葉は少なくていい。こうして、後は勝手に向こうが想像してくれるからだ。

「まぁ、そうだったんですか！　ごっ、ごめんなさいっ私てっきり……」

「いいさ、そういうワケでこの子は今着替えも何もないんだ。服は後で買いにいくとしても、こんな格好のままじゃ可哀相《かわいそう》だ。よかったら、テレジアのお古でもいいから、何か見繕ってもらえないかな？」

そう言って私は銀貨を一枚テレジアに渡した。

「きっ、昨日も頂いたのに、こんなにいただけませんよっ！」

「そうだよ旦那！　気風《きっぷ》が良いのは嬉《うれ》しいけれど、あんまりもらっちゃこっちが恐縮しちまうよっ！」

「女将さん……なら、このニシャはロンディニウムに辿り着くため、飲むものも飲まず、食べるものも食べず、極度の空腹状態なのです。なので、風呂上がりに、とびきりの腕によりをかけた料理をお願いします」

「旦那……わかったよ！　アタシも亭主も腕によりをかけるよっ！　ねぇアンタ‼」

「おうよっ！　任せときなっ‼　今日の飯代は俺らの奢《おご》りで構わねえ‼」

「なら俺はその色男に酒を奢るぜ！」「なら俺はそっちの可哀相な嬢ちゃんにジュースを奢るぜ！」「なら俺は……何も残ってねえ⁉」

女将に宿主、そして常連客たちの気持ちの良い声が響く。

「皆さん……ありがとうございます。では、私とニシャは部屋に戻るので、お風呂の仕度ができたら呼んでください」

「はいっ！　わかりましたっ！」

そうして二階の部屋へ行き、近くに誰もいないことを確認してニシャが口を開いた。

「まぁ、次から次へとデマカセが出るもんだな」

「ニシャこそ、中々の演技力だったよ。さて、早速だが、お前には一つ直してもらいたいことがある」

「なんだマスター？」

「その言葉遣いだ。私たちはこれから、この世界で最も高貴で高潔で、最もお美しいお方にお仕えすることになる。だから敬語を覚えろ」

「え～～～⁉」

「ふふっ……」

思い切り嫌そうな顔をするニシャが微笑《ほほえ》ましくて、思わず笑いがこぼれた。人を前にして演技ではなく、心から笑ったことなど、生まれて初めてかもしれない。

「マスター、なっ、なにがおかしいんだよ！　わわっ」

恥ずかしそうに頬を赤らめてむくれるニシャの頭をワシャワシャと撫《な》でた。

「お前が可愛《かわい》らしくてな。頼むよニシャ……な？」

「かわっ⁈　しっ、仕方ねぇなぁ……ま、アンタはアタシのマスターだからな……弟子はちゃんと師匠の言うことを聞くぜ……いや……聞きます」

「偉いぞ。その調子だ。所作や振る舞いも覚えてもらいたいが、それは追々にしよう」

そう話しているとテレジアがハサミと櫛と新聞紙を持って来て部屋を後にした。

「ところで、ハサミと新聞紙なんてどうするんだ……ですか？」

「決まっているだろう、お前の髪を切るんだ」

「えっ⁈」

「ほら、ここに座れ」

鏡台の前にニシャを座らせ、床に新聞を敷いて、残りの新聞を首に紙エプロンのように巻いた。そこに用意していた水飲みから水を掬《すく》って霧吹きの代わりにニシャの頭につけ、櫛で髪を均《なら》した。

ニシャの髪形は本当に酷《ひど》い、自分で切ったことが丸分かりなガタガタの髪形だった。

「酷い髪形だな、自分で切ってるんだったな?」

「あ、ああ、そうだ……そうですけど、なんでマスターが知ってるんで?」

「私はなんでも知ってるんだ。けれど、改めてこれは酷いな……折角《せっかく》の可愛い顔が台無しだ……」

「かっ、かわっ?!」

私の言葉にニシャは動揺したような反応をして顔を赤らめた。

「さて……じゃ、切るぞ」

「う、はっ、はい……」

ニシャは思い切り目を瞑《つぶ》って、私が持つハサミを見ないように、それを怖《おそ》れているような反応をした。

「ニシャ……」

そこでハッとした。そうだ……ニシャは生まれて物心付いてからずっとスラム街で生きてきた。殺し殺され、奪い奪われ、自分で髪を切るのは当たり前で、こうして他人に無防備な背中を晒《さら》して刃物を持たれているという状況は、ニシャにとって耐え難《がた》い、意識的に堪えようとしないと、堪《たま》らない状況なのだと――

「すまん……ニシャ、私の配慮が足りなかったな……」

だから私は、ハサミを床に置いて、後ろから優しくニシャを抱きしめた。

まだ十二歳のニシャの身体《からだ》は、栄養不足もあってか、歳《とし》不相応な程に小柄で、痩せ細っていた。

「いっ、いきなり……なんだよマスター……っ」

――

――

――

ニシャもニシャで、下心の無い、慈愛のこもったラプターの不意打ちな抱擁に、思わず涙が零《こぼ》れそうになって、それを誤魔化《ごまか》すように声を上げた。

「ニシャ、私のことを信用してくれとまでは言わない。だが、どうか……安心して欲しい。私は、お前を害さない。裏切らない。だから、そんなに怯えなくてもいいんだ……私はニシャを守るから――」

ラプターの優しい言葉に、ニシャは必死で止めようと思った涙がポロポロと零れてしまった。

「ぐすっ……マスター……やめてくれよ……アタシはそんなに弱くねえんだぞっ……！」

「うん……そうだな……ニシャは強い女の子だよ……」

「くっ……いいから……っ、これ以上私が無様を晒す前に髪を切ってくれマスター……っ！」

「……ああ、なら始めるよ。少しでも嫌なら、すぐに言ってくれ」

――

――――

私はゆっくりニシャを抱きしめていた腕を解いてニシャの散髪を始めた。ニシャが嫌がればすぐやめるつもりで、まずは全体的にガタガタな髪の長さを揃《そろ》えるように切ってから、次に髪形を整えるように、キレイなボブカットへと切り揃えていった。

ニシャは最初ほどではないにしろ、身体を緊張に硬直させたままだったが、文句も言わず、私に切られるがままに髪を切らさせてくれた。

「どうだ？」

切った髪を手で払いながら、手鏡を持って後頭部の仕上がりも見せた。

「すっ……」

「すっ？」

「すっげぇな……マスター髪切り屋だったのか⁈」

ニシャは自分の新しい髪形に感激しているような声を上げた。

「いや、私は基本なんでも屋だ」

そんな会話をしていると、テレジアが風呂の準備ができたと告げにきて、散髪したニシャを見て、可愛いと褒めちぎったあと戻って行った。

「好評でよかったなニシャ」

「ま、まあ？　褒められて悪い気はしね……しないですよ？」

「じゃあ次は風呂に入ってさっぱりしてこい。ちなみに、風呂の入り方は分かるか？」

「舐《な》めんなマスター！　それぐらいわかるっての‼　いや、わかりますよっ‼」

「ふふっ、ならゆっくり入ってくるといい。私は夢じゃない。ちゃんと待っているから」

「う……うん……じゃ、じゃぁ、行ってきます――」

顔を赤らめながら洗面セットを持ったニシャは風呂場へと向かっていった。詳しい説明はテレジアがしてくれることだろう。とりあえず私はニシャが風呂を上がるまでに、この切った髪の片付けをしなければ――

そうして片付けが終わった頃、テレジアからもらったお古のディアンドルを着て、タオル片手に髪を乾かしながらニシャが戻ってきた。

「私のお古で、サイズが合うのはこれくらいしかなかったんですが、どうでしょうか?」

赤を基調としたディアンドルに、ニシャの小麦色の肌と黒い髪色が映え、勝気な可愛らしさがマッチしてとても似合っていた。

「うん……いいね、可愛いよニシャ。ありがとうテレジア」

「かっ、かわっ……?!」

「よかったねニシャちゃん」

私の言葉にニシャは顔を赤くさせ俯き、そんなニシャの反応を見てテレジアも嬉しそうに微笑んだ。

「それじゃ、ご飯にしようか。お腹《なか》減っているだろう?」

「ああ……はい、ペコペコです」

「あら、丁度呼ぼうと思ってたんだよ！　はいっ！　これがウチの特製メニューだよ！」

一階に下りた私たちに、女将はそう言って、カウンターではなくテーブル席を指差した。

そこには椅子が二脚と、テーブルの上に所狭しと豪華な料理が並んでいた。

「こんな豪華な……ありがとうございます、マスター、女将さん、テレジアも」

「あっ、ありがとうございます」

私に続くようにニシャもペコリと頭を下げた。

「お礼なんて結構だよ！　それよりもたんと食べておくれよ！　そっちのお嬢ちゃんは、見るからに痩せすぎだよ！」

「そりゃそうだが女将はちょっと太りすぎだぜっ！」「折角の元ミス・ロンディニウムが台無しだぜ！」「酒とジュースは俺たちからだぜ兄ちゃん！」「見違えたな嬢ちゃん。めちゃめちゃ可愛くなったぜ！」

「皆さん……ありがとうございます。それではお言葉に甘えて、ニシャ、席に着きなさい」

「はっ、はい」

「いただきます」

「いっ、いただきます」

テーブルの上には目玉焼きののったビスマルク風ステーキ、フライドポテト、ふかし芋、バゲット、サラダ、サーモンのマリネ、ザワークラウト、生ハム、ソーセージ、チーズ、果物の盛り合わせ、酒、果実水といった様々なものが所狭しと並んでいた。

「ニシャ、今日はマスターや女将さんたちのご厚意に甘えて、マナーや作法は気にしないで思い切り食べなさい」

「はっ……はいっ……！」

私の言葉の意味することを理解した表情を浮かべたニシャは頭を縦に振って答え、本当にお腹が空いていたのだろう、手摑《てづか》みで手当たり次第に食べ物を口に詰め、作法もマナーもない調子で次々とテーブルの上の料理を口にし、それを流し込むように果実水を呷《あお》った。

「皆さんすみません。普段はこうではないのですが、なにせ、飢餓《きが》状態でしたので、無作法をお許しください」

「いいよ旦那、事情は分かってるから気にしないでおくれ！　むしろこうやって美味《おい》しそうに食べてもらったほうが作った甲斐《かい》があるってもんさ！　ねえアンタ！」

「おうよっ！　お嬢ちゃん、お気に召したもんがあったらいくらだっておかわりをつくってやるからよ！　遠慮せずに言いな！」

「はいっ！　もごもご、あ、あひがとうございまふっ！　どれもこれもとってもおいひいですっ！　みなさんもありがとうござひますっ！」

ニシャは口に食べ物を詰め込みながらそう返事をした。

「いいってことよ！」「いい食いっぷりだぜお嬢ちゃん！」「可愛い子には奢ってあげたい、それが男の性《さが》ってもんなんだよなぁ……」「保護欲がかきたてられるぜぇ‼」「最初はスラム民かと思ってたが、こんな可愛いこがそんなワケねえよなぁ⁉　すまなかった‼」

「ふふっ……美味しいかいニシャ？」

「はいっ‼」

「ほら、ケチャップがついてるよ」

「ん～」

ニシャの口についたケチャップ等の汚れをおしぼりで拭いながら、ニシャが幸せそうにご飯を食べている様を見て、常連客たちと同じく私も嬉しい気持ちになる。

「どんどんお食べ。今日はニシャが主役だから」

「はいっ！」

そしてニシャは手当たり次第に食べ物を食べ、飲み物を飲み、そして食べきれないと思われた量のテーブルの料理を私とともに全て食べきった。

「いやぁ～凄《すご》い食べっぷりだねぇ、旦那もそんなに健啖《けんたん》なんて思わなかったよ」

私は技術の一つとして、一月《ひとつき》は何も食べずに活動できるよう訓練され、同時に、一度に大量の食事をとれるようにも躾《しつ》けられている。そのため、ニシャが食べ残したモノは全て私が食べきった。

「ふふっ、とても美味しかったですマスター、女将さん。な、ニシャ？」

「はいっ！　ここの料理はロンディニウム一ですっ‼　皆さんありがとうございました

っ‼」

「嬉しいことを言ってくれるねえっ！」「こっちも作った甲斐があるってもんだ！」「二人ともすげぇな！　見てるこっちが腹減ってくるくらいだぜ‼」

そうしてマスター、女将さん、テレジア、常連客たちに礼を言って部屋へと戻り、ニシャは疲れがドッとでたのか、すぐさまベッドに横になった。

「美味しかったかいニシャ？」

「はい……正直、生まれて初めて、こんな美味しいものを食べました……」

「そう……」

私はベッドに横になるニシャの頭を撫でた。

「マスター……これは……夢……ですか……？」

今にも眠りそうに、目をトロンとさせながら、ニシャは私を見て不安げな表情を浮かべた。

「いいや、これは現実だよニシャ。キミはこれから、ずっとこういう暮らしをすることができる。安心するんだ……だから……今はおやすみ……」

「はい……マスター……おやすみ……なさい……」

ニシャはゆっくりと瞳を閉じ、私はニシャが深い眠りにつくまで頭を撫で続けた──

四　ベルクラント家使用人採用試験と、諜報員の片鱗《へんりん》

ニシャを仲間にし、侯爵家であるベルクラント家、ロザリンド様にお仕えするべく、身《み》形《なり》を整えるため私とニシャ二人分の上等な服を替えを含めて数着買い、ニシャに言葉遣いや礼儀作法、一般教養、従者としてのマナーを教えつつ、今度はサロメのボスの家に盗みに入り、資金を十二分に調達した。

そして一月《ひとつき》ほど経《た》った後、私たちは馬車を雇ってシュパンダウのマスター・女将《おかみ》・テレジア・常連客たちに別れを告げ、ベルクラント領へと進んだ――

私が思っていたよりもニシャは優秀で、言葉遣いも礼儀作法もたった一週間の内で、並みの従者、使用人以上の振る舞いができるようになり、出発予定である一月が経った今ではほぼ完璧となっており、そのおかげで私も安心してベルクラント領へと発《た》つ決意ができたほどだった。

本当ならニシャを仲間にした後は、一秒でも早くロザリンド様をお救いすべくベルクラ

ント領へ向かいたかったが、この一月間の入念な準備はロザリンド様をお救いするために必要不可欠な期間なのだと、逸《はや》りそうになる自分に深く言い聞かせていた。

「ところで、私とマスターがベルクラント家の使用人になることは分かったんですが、肝心の【お仕えすることになる高貴なお方】って、どなたなんですか？」

一人称もアタシから私に直し、敬語を覚えたニシャがそう疑問を口にした。

「ふむ……ちなみにニシャは誰だと思う？」

ニシャには言葉使いやマナー・所作だけでなく、本人が望んだので戦闘訓練や、諜報《ちょうほう》員《いん》に必要な技能も一通り教えており、一言でいうのならニシャは天才だった。

一度に複数のことを教え習得するためには才能が必要なため、私はあえてそうしようとはしなかったが、ニシャが望むので、戦闘・礼儀作法・諜報活動のいろは、計三教科を朝昼晩一つずつ毎日教えたが、ニシャは一度教えたことは絶対に忘れず、一を聞いて十を知り、そして復習することも忘れない。才能がありながら、それに溺れることなく努力する能力、どちらも兼ね揃《そろ》えた逸材だった。

現実世界だったら、私の後任ラプターはニシャになるだろうと断言できるほどに、その才能は素晴らしく、設定資料集にすら載っていない隠し設定として「薄幸のロザリンド」掲載雑誌の後書きで作者が「ニシャは殺しだけでなく、あらゆることに対しての才能がある」と記述していたとおりであった。

「マスターに言われたとおり、自分でも調べてみたのですが、ベルクラント侯爵家は現ベルクラント侯爵、エドワード・ベルクラントとその夫人イザベラ、そして嫡男《ちゃくなん》であり次期当主であるワイアットの三人だけです。そして、この三人とも、確かに容姿は良《い》いようですが……噂《うわさ》や情報を総合する限り、性格は……正直、マスターが言われるような、素晴らしいお方には程遠いような人物かと……」

「うん、そのとおりだ。だが……それだけか？」

試すようにニシャを見る。

「……いえ、十年程前に、死産と公表された子供が一人いますが——」

そこでニシャはハッと瞳を見開かせ私を見た。

「まさか……その……」

「そうだ。実際は死産などしていない。その赤子はロザリンドと名付けられ、生まれてからずっと屋敷《やしき》の地下牢《ろう》に幽閉されている。私たちがお仕えすべき素晴らしきお方、この世界で最もお美しく、最も高貴で最も気高く、最も儚《はかな》く最もお優しく、そして最も不幸であるお方は、今年で御歳《おんとし》十歳となられた、ロザリンド・ベルクラント様に他ならない——」

真《ま》っ直《す》ぐにニシャを射貫くように見つめ、本気であることを言外にも伝えた。ニシャは

私の視線に一筋の汗を流して見返しながら、コクリ……と、私の意見に完全に従うという
ように頷《うなず》いた。
「でっ、ですが、ベルクラント侯爵は実の娘に何故《なぜ》そのようなことを？」
「ロザリンド様が日光病者であったからだ。体面を気にするクズ侯爵エドワードは、その
ためにロザリンド様を地下に幽閉したのだ。それからは、ベルクラント家の女中長であっ
たオリビアがロザリンド様の境遇を哀れんで、読み書きや言葉を教え、実の子のように接
していた。が、そのオリビアも一年前に病で死んでしまい、今はロザリンド様のことを蔑
み、罵倒するようなクズがその後任となっている――」
怒りを抑えながら続きを口にする。
「覚えておくんだニシャ。ベルクラント家は、ロザリンド様以外、エドワードもイザベラ
もワイアットも、全員が生きている価値も無いようなクズどもだ」
感情をおもてに出すなとニシャに教えた手前、冷静にしようと心がけるも、これだけは
どうしても抑え難《がた》い感情が内からあふれ出て仕方がなかった。
「ま、マスター……」
ニシャも私の怒りを感じてか、怯《おび》えたようにそう小さく発した。
「……すまないニシャ……ロザリンド様やお前のことに関しては、どうにも感情が制御で

「きなくてな……」

「しっ、しかし、私のことといい、何故マスターがそんなことを知っているんです？　何故そこまで親身になってくれるんです？　それに、お美しいお方だって……会ったことがあるので？　ベルクラント家で働いていたんですか？」

「いや、お前の時と同じだよニシャ。ベルクラント領に行くのも初めてだし、ロザリンド様とは面識はおろか、会ったことも、直《じか》に見たことすらもない」

「は……？」

ニシャはポカンとし、呆《あき》れたように口を開いた。

「ど、どういうことですか？」

「……さぁ、どういうことだろうな？　ただ知っているんだ。ロザリンド様のことを。そのお姿を、そのお心を、その全てを。そしてニシャ、お前のことも。そして助けたい、幸福にさせたいと思っている。それだけだ」

「またですか……ホント、マスターは時々訳のわからないことを言い出すから困ります」

苦笑いするニシャに私も笑って応えた。

「私もそう思う。ならニシャは、私がサク＝シャと同じ神の一族だと言えば信じるか？」

この世界で宗教は一つだけであり、サク＝シャ教と呼ばれる一神教で、その主神の名はサク＝シャと呼ばれている。サク＝シャの由来は、東洋の言葉で作品の作者を意味する言葉であり、平たく言えば私はこの世界の神と同じ系列（現実世界の人間）に属している、いわば神族の一員というわけだ。

「ふふっ、なんだか、マスターならそれでも不思議はありませんから困ります」

「ふふっ、そうだな」

ニシャはそう言って笑い、私も笑った。

「では、マスター、ベルクラント領までの馬車の道中、今度は私に何を教えてくれるのです？」

ニシャは目を輝かせるように教えを求めた。

「そうだな……まずは私たちがベルクラント領に着いてから行うこと、次にベルクラント家での振る舞い方と履歴書に記された私たちの設定、人の顔色の読み方、というところだな――」

「はいっ！」

そうしてニシャに様々な技術や知識を教え込みながら一週間かけた長旅を終え、ベルクラント領へと辿《たど》り着いた。

そしてベルクラント領で最も発展している中心地、ベルクラント侯爵家の直轄領、領都

「ペンドラゴン」に降りた私たちは、街一番の宿屋である「モーガン」へ向かった。

　ここはモーガン夫妻が経営しているペンドラゴン一番の宿屋で、シュパンダウと同じく一階部分が酒場、二階より上が宿となっている店であった。

「いらっしゃい！　お泊まりですか？　お食事ですか？」

　シュパンダウとは違い、スマートな妙齢の女将が入店してきた私たちを見て声をかけた。

「泊まりでお願いします。実は、ベルクラント侯爵家で使用人を募集している、というお話をお聞きしてここに参った次第なので、何泊になるのかは分かりませんが、とりあえず一週間程お願いできますか？　これは一週間分の宿代の半金と、女将さんへの心付けです」

　そう言いながら金貨を一枚女将に渡した。

「あら、こんなにっ！　ありがとうございますっ！　それではお部屋へ案内致しますっ！」

　そうして部屋に案内され、私たちは荷物を置いて、ベルクラント侯爵家に出向くための仕度をした。

「ここの女将はこの街一番の情報通で悪人ではないが口が軽い。広げたい噂話《うわさばなし》を街全体にすぐに広げてくれる。信用は置けないが利用しやすい。広めたい情報を教え、広めたくない情報は絶対に口にするな。分かったか？」

「はいっ！　わかりましたっ」

そうして礼服に着替え終えた私たちは徒歩でベルクラント侯爵邸へ向かった。使用人の面接は基本的に家令《かれい》であるイライジャが行うが、エドワード侯爵がいれば、その性格的に高確率で直接面接をしてもらうことができる。

設定資料集の詳細設定の項・各登場人物の各年各日時による行動詳細によれば今日は侯爵夫妻及びワイアットも邸宅内にいるはずである。

「手筈《てはず》は分かっているなニシャ？」

「はい。マスターが一芝居打ち、私は後ろで静かに控えている。ですね？」

「よろしい」

そして私たちはベルクラント邸に到着した。資料集や小説の挿絵で見たとおりの、鉄柵に囲まれたカントリー・ハウス様式の大豪邸で、その玄関正面には門扉《もんぴ》が開け広げられている大きな鉄門があった。

その立派な太い門柱の前には装飾されたハルバードを手に持ち、煌《きら》びやかな銀色の胸甲《きょう》に白い羽飾《プルーム》りが装飾された鉄兜《てつかぶと》を身につけた門番が立って厳《いかめ》しく門を守っており、近づいてくる私たちを威嚇《いかく》するように鋭い視線を向けた。

「…………」

顔には出さなかったが、ここの地下牢にロザリンド様が、今この瞬間もお労《いたわ》しい思いをされていると思うと、気が狂いそうになるほど、今すぐこの場の人間を皆殺しにしてでもロザリンド様をお救いしたい。その衝動、思いを止めることで精いっぱいだった。

「何か御用ですか？」

こちらから門番に話しかけようと思っていた矢先、正門の中から現れ声をかけてきたのは、次期当主であるワイアットの腹心であり、ワイアットの専属護衛であるルイスであった。

歳《とし》は二十一歳で、百七十五センチほどの身長に細身の体付き、アゴにかかるほど長く黒い前髪にうなじ辺りで切り揃えられた後ろ髪、糸のような細い眉に、ツリ目がかった陰のある大きな二重、細い鼻にアゴのラインが細く、一見して物憂《ものう》げなお嬢さんに見える中性的で端麗な容姿をしている。

小説内では大した活躍もせずワイアットとともに処刑された男だが、設定資料集には【ワイアットを遥《はる》かに凌駕《りょうが》する剣の技量と明晰《めいせき》な頭脳と鋭い直感を持つ男】と記されていたため油断はできない相手だ。

「はい。私《わたくし》はラプター・ラルフ、これは妹のニシャ・ラルフと申します。実は、使用人募集の貼り紙を拝見いたしまして、僭越《せんえつ》ながら、王都より馳《は》せ参じさせていただいた次第でございます」

「ふうん……そう……わざわざ王都から……？　なんだか……嫌な感じがするね――」

そう言ってルイスが怪訝《けげん》な表情で私とニシャを見た瞬間、感覚で理解した。こいつは厄介だ、と――

「それは……なんとお答えすればいいのか……」

「ならこうしよう。ここに一枚のコインがある。今からコイントスをして表か裏かをお前が当てられたら、中に通そう。外したらそのまま引き返してもらう。どうかな？」

ルイスはポケットから一枚のくすんだ前女王の肖像が刻印された金貨を取り出して右手に持ち、私たちに見せた。

「それは……運命を神に任せる、ということですか？」

「そうだ。私は宿命論者だからね。この世の全ては唯一神であるサク＝シャ様がお決めになられている。お前たちがこの屋敷の使用人となる運命なら絶対に当たるし、そうでないなら当たらない。全ては初めから定められていることなんだ」

宿命論、それはサク＝シャ教の一般的な考えで、この世の全てのことは予《あらかじ》め唯一神であるサク＝シャが定めており、そのとおりにしかならない。というものであった。

だが冗談ではない。私は現実主義者であるし宿命論者とは対極の位置にいる。運命を信じかけてはいるが、それが受け入れられないものならば断固として抗《あらが》う。それが今の私だ──

だがここで情報の少ないルイスの不興を買い、それに伴う今後の予想していた展開へのノイズがどれほど大きくなるか想像できない以上受けるしかない。

「分かりました……なら、表で」

瞬時に判断した私はそう応えた。別に運命を感じたのでも賭けにでたのでもない。諜報員の常として予めいくつものイレギュラーを含めた状況と解決法を想定・予測し、今のような状況も、もっと言えば、このコイントスが外れた場合に取る行動も想定済みであったがために受けただけだ。

私の返答にルイスが右手に持った金貨を親指で空中に弾き、落ちてきた金貨を右手の甲に左手の平を被《かぶ》せるように受け止め、左手をどけると金貨は表だった。

「…………お前の勝ちだ。どうやら、神はお前をこの屋敷へ遣わしたらしい」

そこへ屋敷の方から使用人服を着た男が走ってやってきた。

「ルイス様、ワイアット様がお呼びでございますっ！　とにかく急げとのことでっ！」

「……分かったすぐ行く」

何か言いたげだったルイスだが、約束どおり背後の門番を呼んで私たちのことを伝え屋敷内に去って行った。

そしてルイスと入れ違いに執事服を着てモノクルを右目にかけたロマンスグレーの男がやってきた。この老紳士は現ベルクラント家の家令であるイライジャ・アンダーソン。歳は六十で、物腰は穏やかだが、こいつもロザリンド様のことを「薄汚いドブネズミ」と蔑むクズなのだ。

「家令のアンダーソンと申します。お話はお聞きしました、履歴書はお持ちですか？」

「はい」

殺意を抑え、笑顔を浮かべながら私とニシャ、二人分の履歴書をイライジャへ渡した。

「ふむ、ラプター・ラルフ、二十四歳に、ニシャ・ラルフ、十二歳……ほほう、二人は異母兄妹で、以前はさる高貴なお方のお屋敷で執事と女中をしていた。と？」

「はい。ご迷惑がおかかりすることがあってはなりませんため、お名前を出すことはできませんが、お屋敷内の食器や食品類の在庫の把握、収穫期には収支計算のお手伝いもさせてもらっておりました」

「なるほど……ちなみに、ここにスペルミスがあるのですが」

そう言ってイライジャが指さした履歴書の箇所にスペルミスはなかった。

「失礼ですが、私の目にはスペルミスは確認できません」

「では、こちらの用紙に、なんと書いてありますか？」

イライジャが私に文字が記されたメモ用紙ほどの大きさの紙を差し出した。

「ペル・アスペラ・アド・アストラ、困難を超え天へ、教典に記されている神の世界での格言です。次は、怒りは短い狂気である。こちらも同じく教典に記されたホラティウスの言葉です」

「なるほど……では、もう少しだけ続けさせてください。力山《ちからやま》を抜《ぬ》き気《き》は世《よ》を蓋《おお》う……とは？」

「時利《ときり》あらずして騅《すい》逝《ゆ》かず……垓下《がいか》の戦いで四面楚歌《しめんそか》となった項羽《こうう》が読んだ詩です」

「不可能という文字はフランス的ではない。とは？」

「ナポレオンが言ったとされる言葉です」

このようにこの世界にも、私がいた現実世界の出来事がサク＝シャが座す神の世界の出来事、神話として教典により教えられている。という設定のため、現実世界での東洋西洋問わぬ熟語や故事が通じるのだ。

「ふむ……一から十まで順番に足すと計いくつになりますか？」

間髪いれずに答える。

「五十五です」

「……それはどのように計算しましたか？」

「9×5＋10です」

「三分の三は一ですか？」

「0・99999999……限りなく一に近い一ではないものですね」

「……なるほど、確かに経歴に偽りはないようです」

今の質問は私たちが身分を偽って、履歴書を代筆してもらっていないか、教養があるか、そして計算ができるか、という確認だ。こうして読み書きができ、教養があり、掛け算割り算分数という、現実世界でいう小学生程度の計算能力があれば、その時点でこの世界ではインテリ層に分類される、という世界観なのだ。

「なるほど、この履歴書は確かなようです。お二人は見目も良く、きっと旦那様も奥方様もお喜びになられることでしょう。では、次は屋敷の応接間で実技試験を行います」

「はっ、ありがとうございます」

私が折り目正しく礼をし、ニシャも続くように頭を下げ、イライジャに続いて屋敷の中へと入った。

広大なエントランスは、下は一面磨き上げられた大理石、上は巨大なシャンデリア、横には数々の通路と骨董品《こっとうひん》らしき調度品が並ぶ荘厳な内装で、最も目を引かれるのが正面の大階段だった。

二階へと繋《つな》がる左右一対の曲線を描いた吹き抜けの大階段は、床から一段高い踊り場でその左右の階段が合流し、そこからは一本の直線の階段となっており、その段上にいる人物は貴人であると、否《いや》が応《おう》でも思わせる造りであった。

そして今、その大階段の上から現ベルクラント侯爵、エドワード・ベルクラントが下りてきて、私たちを一瞥《いちべつ》し、次にイライジャを見て口を開いた。

「イライジャ、その二人は誰だ？」

百七十センチ程の身長にカイゼル髭《ひげ》が特徴的な、白髪交じりの黒髪のオールバックに大きく高い鼻の凛々《りり》しい顔立ちをした中肉中背のこの男こそ、ロザリンド様の実父であり、ロザリンド様を死産と公表し、今もなお地下に幽閉している張本人、極悪人エドワード・ベルクラント侯爵に他ならなかった。

「旦那様、この二人は使用人募集の貼り紙を見て来た者たちで、今から実技試験を行うところでございます」

私とニシャは無言のまま深く頭を下げた。

「なるほどな……丁度いい、私も自ら立ち会おう。暇を持て余していたところだ」

「かしこまりました」

そうして応接室に通された私たちへ実技試験が始まり、ベルクラント侯爵、そして家令イライジャが面接官のもと、私とニシャは完璧に実技試験をこなし、両名は感嘆の声を上げるほどであった。

「お前たちの使用人としての能力の高さ、知識、教養、そして見た目、どれをとっても不採用にする理由が一つもないほどだ。だからこそ、一つ聞きたいことがある」

そうしてエドワードは私たちを見て続けた。

「聞けば二人は王都より来たらしいな？　それだけの技能があれば、十大貴族とはいえ、こんな辺境に来ずとも、王都の大貴族にでも仕えられたであろうに、何故我が家に仕えに来たのか？」

「はい……実は……これは……言うべきか言わざるべきか、非常に迷ったのですが……いいえ、言えば、折角《せっかく》の就職の好機を逃してしまうことになりかねませんのですが……」

「？　どういうことだ、不明瞭な言葉は私が最も嫌うことだ。早く言ってみよ」

私の歯切れの悪い言葉に短気なエドワードは急《せ》かすように顔を顰《しか》めた。

「はっ、はいっ。ならば、折角の内定を取り消されてしまうことを覚悟の上で、私が夢《ゆめ》現《うつつ》に体験した神のお言葉を申し上げさせていただきます――」

「何？　神のお言葉だと？」

この世界観では現実世界と違って神は科学よりも身近な存在、信仰心が無い者は人ではない、奇跡や神秘があると信じられている。狂信者が聖人と、神を信じぬ者は狂人と言われている世界観なのだ。

「実は、私が王都に居た時分、夢にサク＝シャ様が現れ、こうおっしゃったのです。ベルクラント侯爵家のロザリンドへ仕えよ、さもなければ神罰が下る。と――」

だからこそ、神の名を口にすれば、誰であろうと無下《むげ》に否定することはできないのだ。

それも、自分たちしか知らないはずの存在を、全く関係のない他所《よそ》からやってきた私たちが知っているとなれば、しかもその名前までとなればなおさら信憑《しんぴょう》性が絶大だ――

「「――」」

私の言葉にエドワードもイライジャも絶句した。その反応も想定済みである私は続きを口にする。

「神のお言葉なら……と、私も侯爵様のお家《うち》にお仕えすべく、参上した次第なのですが、侯爵様には御嫡男しかおられず、私も困惑している次第なのでございます……」

頭を下げる私に座っていたエドワードは反射的に立ち上がって声を荒らげた。

「我が家にロザリンドなどという娘はおらん！　お前は神の名を騙《かた》り私を謀《たばか》るつもりか

っ⁉」

想定どおりの返答に私は頭を下げて、真実申し訳ないといったように口を開いた。

「侯爵様のお言葉、ごもっともでございますっ……ですが、私も夢とはいえ、サク＝シャ様が現れましたゆえ、そのお言葉を無視するワケにもいかなかったのですっ！」

「うるさいっうるさいっ！　黙らんかっ‼　貴様等は不採用だっ‼　とっとと我が領地から出て行けっ‼」

「申し訳ございません侯爵様っ！　そのお怒りごもっともでございますっ！　私とニシャは荷を整え、一週間ほど後にまた、王都へと戻りますっ。一応ではございますが、ここが私たちが宿泊している宿でございます。もし、万が一、何かございましたら、こちらへご連絡ください――」

そうして私たちは追い出されるようにベルクラント邸を後にして宿屋「モーガン」へと戻った――

五　課報員の本領

「マスター、あれでよかったので？」

「ああ、予想どおりだ。あの屋敷に仕えること自体は容易《たやす》いが、ロザリンド様専属の従者となり、絶対にお役目を外されないためには少し遠回りになるとはいえ、この手順を踏んだほうが最も効果的だからな」

ニシャを仲間にしてからラプターが王都で一月《ひとつき》もの間を準備期間にあてたのもそのためであった。エドワードはラプターたちが王都にいた期間、国境に兵を集結させ、領土侵犯の動きを見せていたグスタフ王国軍に対応するため、他貴族と同じく兵を率いて出征し、屋敷を空けていたからだ。

「では次は……」

「ああ、神罰を起こす――」

「っ――」

ラプターはその金色の瞳に暗い光を宿しながら、ニシャですらゾッとするような、底知れぬ闇が垣間《かいま》見える微笑を浮かべたのだった――

そうしてラプターとニシャは宿へ戻りながら、これからの手はずを話し合った。

「お帰りなさい旦那、お嬢ちゃん、結果はどうだったい？」

口が軽い女将《おかみ》が話の種が帰ってきたぞというようにラプターたちへ声をかけてきた。

「実は、御領主様のお怒りを買ってしまったので、駄目そうです……私たちは荷を整えて、一週間ほど後に王都へと戻るつもりです。ないとは思いますが……もし、その間に何かベルクラント家から連絡がありましたらお伝えください」

「そうかい……そりゃあ残念だったねぇ……旦那みたいな色男や、お嬢ちゃんみたいな可《か》愛《わい》らしい子は、いるだけで領地の名物になるってもんなのにねぇ……ったくあのボンクラ領主はホントロクでもないんだから――」

ベルクラント侯爵は領民たちから大いに嫌われている。それは八公二民というアルビオン王国国内でも屈指の重税に始まる様々な領民軽視もさることながら、見目の良い女は人妻であろうが未成年（この世界での成人は男女ともに十八歳）であろうが、侯爵家に仕えることを強制されることにあった。

拒否すれば家財没収の上領地追放、そして出仕すればしたで性奴隷のような扱いを受け、

妊娠すれば相続問題となるため、よくて屋敷及び領地追放、悪くて堕胎を強制され、最悪の場合母子ともに殺されることもあるという女癖の悪さに他ならなかった。

「仕方ありません。私たちは部屋へと戻りますので、何かあればお伝えください」

「あいよっ！」

そうしてラプターとニシャは行動を開始した。諜報員《ちょうほういん》ラプターの本領発揮ともいえる数々の工作を――

一日目――

ラプターとニシャを不採用にした翌日、エドワードは馬車に乗り会合がある隣接領、グラスゴー辺境伯領へと向かっていた。

「まったく、何が神のお言葉だ、ふざけおって……神罰だと？　寝言を言うでないわ！」

エドワードは昨日からずっとラプターの言葉を思い出しては癇癪《かんしゃく》を起こし、今も馬車の中でブツブツと愚痴って、一人で熱くなっていた。

「旦那様、落ち着いてくださいませ、そのようにお怒りになられてはお体に障りますよ」

供をしていたイライジャが諫《いさ》めるも、エドワードはかえって逆上するように声を荒らげた。

「うるさいわっ‼　元はと言えばお前……がっ⁈」

言いかけた瞬間、馬車のエドワードたちが座っていた客車部分が大きく傾き、盛大な音と大きな衝撃とともに地面に落下、横転した。

「ぎゃっ⁉」

「ぐわっ⁈　だっ、旦那様大丈夫ですかっ⁉」

「ぐっ……つつっ……なっ、何事だ……っ⁉」

強《したた》かに腰を打ち付けたエドワードはイライジャに支えられながら、這《は》うようにして横転し割れた窓のガラス片が散らばった客室を出ると、驚いた馬を宥《なだ》め終え、青い顔をしてこちらへ向かって来た御者目掛けて怒鳴りつけた。

「何事だ⁉」

「もっ、申し訳ありません！　脱輪したようです！」

「何ぃっ⁈」

エドワードが馬車を見ると左後ろの車輪が外れていた。

「大丈夫ですか旦那様っ‼」「御領主様っ‼」「侯爵様っ‼」

馬車の前後を守っていた護衛兵が馬を止めて駆けつける。

「貴様ぁっ‼　ちゃんと整備していたのか⁉」

「もっ、申し訳ございませんっ‼」

「謝って済むかっ‼　貴様はクビだ‼　家族ごとこの領地から出て行けっ‼」

「そっ、それだけはお許しをっ‼」

「だっ、旦那様、ここでこの者をクビにしたら、私たちは護衛兵の馬に乗って会合へ向かうか、帰ることになりますぞ……っ」

　土下座する御者を尻目にイライジャがエドワードへ耳打ちした。

「ぐっ……ならとっとと街へ行って修理屋と替えの馬車をもってこんか‼」

　何よりも体面を気にするエドワードは護衛兵の馬に乗って会合に訪れる、という無様を嫌ってイライジャの忠告を聞き入れ、そう怒鳴った。

「はっ、はい‼」

　御者は青い顔をしたまま鞍《くら》のついていない馬車馬に乗って全速力で街へと向かった。

　本来なら護衛兵を街に走らせたほうが遥《はる》かに速いのだが、領境付近という賊が出没する治安が悪い場所で、小心者のエドワードが一人でも護衛を減らすということを選択するはずもなかった。

「なんだってこんなときに脱輪など……っ！」

　今まで一度も馬車が脱輪したことなどないというのに……と、思ったその瞬間心に浮かんだ、ラプターの顔と言葉、特に「神罰」という単語を振り払うようにエドワードは頭《かぶり》を振った。

二日目――

久しぶりに護衛兵を伴って気晴らしにペンドラゴンへ出向いたエドワードは、自分を怖《おそ》れる領民たちの視線に優越感を感じながら、数階建ての建物が立ち並ぶ石畳が敷かれ補整された大通りを商店を眺めながら歩いていると――

パリーン――

「っ⁉」

その目の前スレスレ、それも鼻先数センチの距離に建物の上から鉢植えが落ちて来て割れ散った――

「…………」

「だっ、旦那様っ‼」

直撃していれば間違いなく死んでいた。そのことを一拍遅れで理解したエドワードは、声もなく、腰が抜けてへろへろと地面に尻餅をつき、護衛たちが慌ててその身体《からだ》を支えた。

「大丈夫ですかっ⁈」

「こっ……」

エドワードは一拍遅れて怒りが湧き出し――

「こっ、この鉢植えの持ち主を探し出して屋敷へ連行しろ‼」

そう護衛たちに怒鳴りつけた。

「「は……はっ！」」

だが、護衛たちがいくら探しても、鉢植えの持ち主はおろか、その鉢植えがどこから、何階から落ちたのかすら分からず、しかも鉢植えに植えられていた花はスノードロップで、その花言葉の意味は「死を望む」であり、その事実がよりエドワードを不安に陥れた。

三日目──

不安に苛《さいな》まれながらも、その夜、エドワードはペンドラゴンにある行きつけの高級娼《しょう》館《かん》へと訪れていた。

そして互いにコトを始めようとしたその時、エドワードのお気に入りであり、今回の相手でもある娼婦《しょうふ》が「キャー！」とエドワードの背後を見ながら突然悲鳴を上げた。

「なっ、なんだっ急に！」

「ごっ、ご領主様、あっ、あそこに、へっ、蛇がっ‼」

娼婦が指差した方向を見ると、そこには全長二、三メートルはあろうという大蛇がうねうねと入り口近くを這って、エドワードに向かってその真っ赤な舌先をチロチロと動かしていた。

「なっ⁈」

その大蛇を見たエドワードも思わず絶句した。部屋の中に大蛇が居たから、という理由だけではない。サク＝シャ教において蛇は神の使いである神使《しんし》と言われており、そのためにである。

「ああ…………」

小氷期であり、寒い十一月という乾燥した時候、本来なら冬眠しているはずの蛇が、こともあろうに娼館の三階部分であるこの乾燥した部屋にいて、自分を見てその舌先をチロチロと動かしている。しかも、先程までこの部屋には、こんな大蛇の影も形もなかったというのに――

エドワードは連日の不運も重なって視界が歪《ゆが》むほどのストレス、あのラプターとやらが言っていたことは真実で、自分は本当に神を怒らせてしまったのではないか？　という強い強迫観念にも似た危機感を覚え、結局その日は過度なストレスによりそのような気分でもなくなり、大蛇を殺さないよう護衛に処分させ娼婦を抱かずに屋敷へ帰った。

四日目――

屋敷の外へ、特に街へ出ると良くないことが起こると思ったエドワードは、屋敷内にある厩《うまや》から気性の穏やかな老馬に乗って馬場がある屋敷の裏手で乗馬をしていた。

「全く……最近は悪いことばかりだ……それもこれも、きっとあの、ラプターとかいう奴《やつ》のせいだ……いや……もっといえば、ロザリンドを生かしておいたばかりに──」

そう言いかけた瞬間、今まで一度も暴れたことの無い老馬が突如嘶《いなな》いて、前脚を大きく上げ後脚だけで立ち上がる、所謂《いわゆる》クールベット状態になり、全く予期していなかったエドワードは老馬から振り落とされてしまった。

「うわぁあっ?!」

「「旦那様っ?!」」

その後ろに付いていた供の従者が慌てて馬から下りエドワードへと近寄り、その身体を支えた。幸い岩や石の無い土の上に落馬したため、エドワードに骨折や挫傷はなく、軽い打ち身と捻挫と泥だらけになるだけで済んだ──

「なっ……なんで……」

そうして、呆然《ぼうぜん》とした顔を浮かべ、見るからにノイローゼになっているエドワードの顔を、遠くから双眼鏡で確認していたラプターが口を開いた。

「順調だな……あと一手で、エドワードは頭を下げて、私たちにロザリンド様の従者になってくれ。と、頼みにくる──」

「……そのようですね。まさか、こんな人の追い込み方があるなんて、思いもしませんでした――」

ニシャも同じく双眼鏡で顔面蒼白《そうはく》で狼狽《ろうばい》するエドワードを見ながら感嘆の声を漏らした。

ラプターとニシャはエドワードが乗馬していた牧場の裏山に潜み、鏡を使って上手《うま》く馬の目だけに太陽光が当たるよう反射させ、先程のクールベット状態を起こさせたのだ。

「覚えておけニシャ。人を支配する最も大きな感情は【恐怖】だ。【死の恐怖】【神への恐怖】【嫌われる恐怖】【苦痛への恐怖】種類は多々あれど、人は恐怖にこそ縛られ、支配される」

「はいマスター」

「だが、その恐怖よりも強いもの、恐怖など簡単に打ち砕く、最も強い感情があることも忘れるな」

「……それはなんでしょうか？」

「愛、だよ――」

「はいっ……！」

ラプターの歯の浮くような言葉に、ニシャは思う所があるのか、本心から頷《うなず》いた。

六日目――

エドワードはもはやノイローゼに陥っており、屋敷から出ることはなく自室に籠《こも》り酒ばかり飲んでいた。そのお陰か、五日目である昨日は何事も無く過ごせたと安心して、私室である歴代ベルクラント侯爵家当主の部屋で朝からウイスキーを飲みながら新聞を読んでいた。

「まったく……やはりここが一番安全か……」

そうため息をついた瞬間——

ドガァ——ッ‼

近くに落雷でもあったかのような轟音《ごうおん》とともに震動が響いて、エドワードは思わず手に持っていたグラスを床に落とし、脊髄に針を刺されたように反射的にピーンと立ち上がった。

「なっ……なにごとだっ⁈」

私室を出て、大声を上げながら大階段へ向かうと、外から血相を変えた使用人や警備兵がやってきてエドワードを見上げて声を上げた。

「だっ、旦那様大変ですっ‼　穀物庫が、突然大きな火を上げました‼　現在も炎上中ですっ‼」

「なにぃっ⁈　穀物庫がかっ⁉」

「はいっ‼　まるで雷が直撃したかのように、突然大きな音を上げて、建物が内部から炎とともに吹き飛んだのですっ‼」

その瞬間、エドワードの中で何かがプツリと切れた。穀物、ひいては人や動物が食料とする全てはこの世界の創造神であるサク＝シャのめぐみとされていた。特に、麦や米、砂糖や小麦粉はサク＝シャが人間のために創ったといわれているほど、宗教と密接に結びついているものなのだ。

そしてこの世界に火薬はなく（作者が銃や大砲といった兵器を嫌っており、火薬という存在そのものが存在しないとされているため）人為的な爆発などありえないからだ。

「あ……ああ……」

ヘロヘロとその場に崩れ落ちたエドワードに家令であるイライジャや、火災の報告をしに来た女中が駆け寄ってその身を支えた。

「だっ、旦那様っ！　お気を確かにっ‼」

だがエドワードはノイローゼに青白くさせた顔で、焦点の定まらぬ瞳のまま、独り言のように口を開いた。

「こんな晴れた日に……突然穀物庫が落雷を受けたかの如《ごと》く吹き飛び炎上などするわけがない……彼奴《きやつ》の言っていたことは本当だったのだ……」

「だっ、旦那様っ？」

次の瞬間、エドワードは目を血走らせてイライジャを睨《にら》みつけ大声を上げた。

「ペンドラゴンへ行ってあのラプターという男と妹を呼んで来い‼　ロザリンドの専属従者とさせる‼‼」

「でっ、ですがっ……ぐぁっ⁈」

「キャッ！」

エドワードの言葉にイライジャが難色を示した瞬間、その頬をエドワードが女中が悲鳴を上げるほどの力で思い切り殴りつけ、イライジャはモノクルを飛ばしながら床に倒れた。

「私の言葉は絶対だ‼　ですがもしかしもないっ‼　お前はさっさとあのラプター兄妹をここへ連れて来いっ‼　一週間は宿に逗留《とうりゅう》すると言っていたが、もし二人が予定を早めていたらどうするつもりだっ⁈　脱輪、鉢植え、大蛇、落馬、穀物庫の炎上‼　罰にしても程があるだろうっ⁈　お前は私に死んで欲しいのカッ⁈」

「もっ、申し訳ありません！　かっ、かしこまりましたっ‼」

そうしてイライジャは起き上がると床に転がるモノクルを拾って掛け直し、切れた唇をハンカチで拭いながらペンドラゴンにあるラプターとニシャが宿をとっている「モーガン」へ馬を走らせた——

六　計算どおりの採用、そして――

「それでは女将《おかみ》さん旦那さん、今までお世話になりました」

「お世話になりました」

荷物を整えた私たちがチェックアウトしながら女将さんに礼を言うと女将さんは「とんでもない」と首を横に振り、見送りに来てくれた街の人々が声を上げた。

「旦那たちは気風《きっぷ》も良いし、街のみんなに良くしてくれたし、それに、旦那やお嬢ちゃん目当てで一階の酒場も賑《にぎ》わわせてもらったし、むしろこっちがお礼を言いたいくらいですよっ」

「そうだそうだ‼」「女将の言うとおりだぜ‼」「俺のところで働かねえか旦那っ⁉」「ラプターさん寂しいですよぉっ！」「「ニシャちゃんっ！　仕事終わりにここで酒を飲む俺たちの唯一の癒《いや》しがぁっ‼」」「川上からでっかい桃が流れてきて、それを取ろうとして溺死しかけたウチの婆様《ばあさま》を助けてもらった恩は忘れねえよ‼」

私とニシャは天罰をくだす間にも街の人々に馴染《なじ》み、いざというときに味方となってもらえるよう、ペンドラゴンで数々の慈善活動（それも人心掌握術を用いたもの）を行っていた。

その成果もあり、この一週間という短い間ながら、女将の情報発信力も手伝って、こうして街の人々の信頼を得ることもできた。この結果は後々響いてくることになるだろう

――

「そう言っていただけると、とてもありがたいです。皆様、ありがとうございます」

「ありがとうございます」

私に続いてニシャが頭を下げる。

「旦那っ、またこの街に用があるならウチに宿をとってよ。今度は宿代なんていらないからさっ」

「ありがとうございます女将さん。皆様もお元気で」

「お元気でっ！」

「はいよ！　旦那たちもねっ！」

「また来てくれよ！」「絶対だぞっ‼」「ラプターさんっ！　また会えたら私……っ！」

そうして皆に見送られながら宿屋「モーガン」を出ようとしたとき――

「おっ！　お待ちくださいっ‼」

左頬に青痣《あおあざ》を作って血相を変えたイライジャが宿屋へと飛び込んできた。

ベルクラント家の家令であるイライジャのことはこの街の誰もが知っており、その性格も冷静沈着で抜け目ない冷酷な男だと皆が知っている。

そんな男が形振《なりふ》り構わずといった様子で息を切らせながら、いつもピッタリと固めているオールバックの髪を振り乱し、チャップスも穿《は》いていないため黒い執事服のズボンの内股から足首の部分は馬の毛塗《まみ》れな姿に、女将も宿主の親父《おやじ》も見送りに来てくれた街の皆も驚きに言葉を失っていた。

「おや……あ、貴方《あなた》は、家令のアンダーソン様ですかっ？」

「そっ、そのとおりですっじっ、実は、旦那様のご命令で、あっ、貴方たちをお迎えにあがりました」

「どっ、どういうことでしょうか？　そのお顔……やはり、あの時、お怒りを買ってしまったことが原因で……？」

私とニシャは心底驚いたような、そして次に折檻《せっかん》されるのでは？　というように怯《おび》えた表情を浮かべると、イライジャはブンブンと首を横に振った。

「いえいえ、とんでもございません。もし旦那様がお怒りのために貴方たちを呼びつけるのでしたら、私ではなく屋敷《やしき》の兵を寄越《よこ》して、有無を言わせず連行させております。実際はその真逆でして……旦那様は是非にとも貴方たちを雇用したいとのことなのです。なので私が遣わされたのです」

「そっ、それは……願ってもないお話ですが、どうしてこんな急に……？」

動揺しながらそう答える。エドワードが受けた「神罰」もとい「不運」について、私たちは一切知らないことになっているし、アリバイ工作も完璧に行っているため、私たちが疑われることは絶対にない。

そのため、私は「あれだけ怒って出て行けといった偉そうな人間が、急に下手に出て擦り寄ってきた」という奇妙な事態に動揺しなければおかしいのだ。

「何分お屋敷のことですので、このような公衆の場で詳しいお話はできません。馬をご用意しましたので、道中そのお話をさせていただきます。どうかついてきてくださいませ」

「かっ、かしこまりましたっ、ですからどうか頭をお上げくださいっ！」

深く頭を下げるイライジャに驚いたフリをして頭を上げさせながら店を出た。店の前にはイライジャが乗って来たらしき息を切らせた馬が繋《つな》がれ、同じく息を切らした馬が二頭と、その横にベルクラント家の警備兵が立っていた。

「馬はラプター殿とニシャ殿に乗ってもらう。お前たちは歩いて屋敷へ戻ってきなさい」

「「はっ！」」

「アンダーソン様、我々は一頭の馬で構いません。ニシャはあまり乗馬が得意ではないので。私の後ろに乗せます。な、ニシャ？」

「はい、兄さん」

「そうですか。お前たち、二人のお手伝いを」

「「はっ‼」」

私とニシャは警備兵に手伝ってもらいながら馬のサドルバックに旅の荷物を載せ、載せきれない分を警備兵に持ってもらい、私が馬に乗り、その後ろにニシャが横向きに座り落ちないよう私の腰へと腕を回し、あっけにとられているモーガンの女将や皆に会釈して馬を歩かせ、同じく馬に乗ったイライジャと並走しながらベルクラント邸を目指した。

「それで、アンダーソン様、侯爵様はどうして今になって、私たちを雇用したいとお思いになられたのですか？」

屋敷まで続く街道に私たち以外の人影は無く、それを確認してイライジャが口を開いた。

「実は――」

そうしてイライジャは私たちが屋敷を去ってからエドワードに降りかかった、偶然やたまたまとは、到底思うことのできない「不運」の数々と、そして決定打になった今朝の屋敷の穀物庫の大炎上事件について説明した。

「まさか……本当にそんなことが……ですが、それでは、もしや……」

私は心底驚くフリをしながら、話の核心を言わせるよう反応する。

「はい……貴方の……いえ、神の……と言ったほうがいいかもしれませんが、エドワード様のご長女となる、公《おおやけ》には死産とされている、ロザリンド様は、実際には生きており、当屋敷の地下牢《ろう》に幽閉されています――」

生きておられ、と言わない時点で、それも、不憫《ふびん》に思うというよりも、お家の恥といったような声色に、イライジャのロザリンド様に対する態度や思いが知れるというものだ。

「ち、地下牢に……ですか？」

「はい……お察しかもしれませんが、ロザリンド様は生まれながらにして病身、それも、あろうことか、この国で忌み嫌われる日光病だったのです――」

イライジャは私たちが既に知っているロザリンド様のご病気、そして今の状態、オリビアによって読み書きでき言葉が話せ、マナーも一通り知っていること、そしてオリビアの後任である、現在のロザリンド様の担当者のことを話した。

そうして話し終える頃、私たちは屋敷へと着き、応接間に通された。既にそこには青白い顔の、見るからに憔悴《しょうすい》しているエドワードが座っており、礼をする私たちに手を振って早く座るよう促したので、私とニシャはエドワードの対面のソファーに腰を下ろした。

「イライジャからどれくらい話を聞いた？」

開口一番そう口にしたエドワードに包み隠し無く答える。

死産と公表されたロザリンド様がご存命で屋敷の地下牢に幽閉されていること、そしてここ数日エドワードが偶然ではすまされないような不運の数々に見舞われたことを。

「お前は、サク＝シャ様が夢にでてきて【ロザリンドに仕えよ、さもなくば神罰が下る】とおっしゃられたと言ったな？」

「はい。そのとおりでございます」

「それと他には何か言っていなかったか？」

「はっはい、これも言わずにいたのですが……神は、ロザリンドは加護人《かごびと》であり、無下に扱えば神罰が下る……と――」

「…………そっ、そこまで――っ」

エドワードは絶句してそう呟《つぶや》いた。加護人とは、字の如《ごと》く、サク＝シャの寵愛《ちょうあい》を受けた者のことを指し、この世界の歴史に名を残した人物や、サク＝シャ教で聖人認定されている者はそのほとんどが加護人であるとされている。

「加護人など……いっ、いやっ、流石《さすが》にそこまでは信じぬぞ！　なら何故《なぜ》十年経《た》った今になって神罰が下るのだっ⁉　おかしいではないか‼」

そう言って頭を振ったエドワードは、少し落ち着きを取り戻し、深いクマができた目で私たちを見た。

「……だが、お前たちがここへ来て、不採用にしてから数々の不運が起こったのも事実、ゆえに、お前たちをロザリンド専属の従者、世話役として採用する。俸給は他の使用人たちと同じで、二人部屋を一つ与える。前にオリビア……前ロザリンド世話役が使っていた地下牢からすぐ近くの部屋だ。何かあれば地下牢からの呼び鈴が聞こえる造りになっている。先に荷物は運ばせておくから部屋は後でイライジャにでも案内してもらえ。使用人服も後で着ろ。それよりも早くロザリンドへ会いに行け。イライジャ、早く案内しろ」

「はい旦那様。メアリーはどうなさいますか？」

メアリーとは、オリビアの後任であるロザリンド様のお世話係で、性格が捻《ね》じれ曲がっている女中であり、ロザリンド様を蔑み、食事やお世話はおざなりに、そしてロザリンド様に会うたび暴言を吐くような、そのせいでロザリンド様が人間不信となってしまった、死ぬべき、殺すべき性根クズだ。

「引き継ぎが終わったら元の業務に戻らせろ」

「はっ。かしこまりました」

そうしてイライジャに連れられロザリンド様が幽閉されている地下牢へ続く扉の前に立った。ロザリンド様が幽閉されている地下牢の入り口は、屋敷内の奥の隅にあり、一見してそこに扉があるなど分からないような仕掛けになっている。ロザリンド様の存在はベルクラント家の使用人たちにとってはもはや公然の秘密。

皆が知っているところであるが、それでも話題に出すことは禁句であり、そしてこうして屋敷の隅の、迷い込んでも絶対にここへは来ないだろうと言えるような死角に地下牢への扉があるのは、少しでも自分たちからロザリンド様を遠ざけたい、という気持ちと、それでいてロザリンド様の存在の発覚を恐れているため監視下に置いておきたい、という思いのあらわれだろう。

「あれ、イライジャ様、こんな場所でどうされたんですか？　そっちの二人は？」

そこへ丁度、地下牢へと繋がる扉が開き、一人の女中が姿を現した。

茶髪のショートカットに、時にはワイアットの夜の相手もする程度には整った顔立ちの今年で二十三となるこの女こそが、現ロザリンド様の専属使用人である、性根の捻じれ腐った匹婦《ひっぷ》メアリー・ブラウンだ。メアリーは出てきて、扉の前に立っていた私たちを見て不思議そうにそう声を上げた。

「メアリー、丁度良かった。アナタに用があったのです」

「なんですか？」

「この二人、ラプター・ラルフとその妹ニシャ・ラルフが今日からロザリンド様の専属となることになりました。アナタは今日を以《もっ》てロザリンド様の世話役の任を解かれ、以前と同じ業務に戻ってもらいます。ですので、その引き継ぎをお願いします」

「え～？　なんでそんな急に決まったんですかぁ？　正直このお役目楽だから気に入ってたんですけど～？」

メアリーは次期当主であるワイアットと肉体的関係を持っているため、それを笠《かさ》に着てこのように家令であるイライジャや上司や先輩である使用人たちに対しても態度が悪いのだ。

「旦那様のご命令だ。逆らうならお前とて容赦はないぞ？　分かっているのか？」

旦那様という言葉を出された瞬間、メアリーは顔色を青くさせて頭を下げた。

いくらワイアットの数いる愛妾《あいしょう》の一人とはいえ、エドワードには逆らえない。強きに諂《へつら》い弱きを甚振《いたぶ》る。こいつはそういう性格なのだ。

「そっ、それは失礼しました。早急に引き継ぎをして、元の業務に戻ります」

「よろしい。では、後は頼みましたよ」

そう言ってイライジャは私たちの部屋の場所を教えた後、この場に居ることすら嫌といったように去って行ってしまった。

「まっ、そういうわけで説明を始めるわ……ねっ……？」

メアリーは私を見て言葉が止まった。これは私を見た人間のわかりやすい反応の一つで、私の容姿に見惚《みと》れているのだ。

「……どうされました？」

そしてこう声をかければ、大概の人間は我に返る。ここで笑顔を浮かべさらに二、三特定の小さな動作を追加すれば性別関係なく、ほとんどの相手に私へ一目惚れに近い感情を抱かせることができるが、こいつにその必要はない。むしろ殺意を抑えるので精一杯だった。

「なっ、なんでもないわ。私はメアリー、アンタたちはラプターにニシャだっけ？」

「はい。これからよろしくお願いします」

「お願いします」

「ふぅん……顔だけじゃなくて声までいいんだ……」

そう呟きながらも、こちらを見下すような口調と態度でメアリーは続きを口にした。

「そういえばアンタたちさぁ、一週間くらい前に神が出てきた～ロザリンド様にお仕えしないと神罰が～とか、頭おかしなこと言って屋敷を追い出された奴《やつ》らがいたって、ワイアット様から聞いたんだけど？　アンタたちのこと？」

「はい、そのとおりです」

「ふ～んアタシは神とか信じてないから、どうでもいいけど、これだけは覚えておきなさい。私はアンタたちの先輩で、ワイアット様のお気に入りだから、私を怒らせると、この屋敷にいられなくなるからね？」

唇の端を吊《つ》り上げ下卑た笑みを浮かべながらメアリーはそう口にした。

「かしこまりました」

「かしこまりました」

「そ、それでいいよ。じゃ、旦那様を怒らせるのは流石にまずいから、早速引き継ぎを始めるわね」

そうしてやっとメアリーはロザリンド様御世話役の仕事内容を説明し始めた。

「ロザリンド世話役の仕事は、毎日の食事運びと着替え、湯浴みの手伝いくらいかな。アンタたちの部屋には地下直通の管が通ってて、そこから用があればロザリンドが呼び鈴を鳴らして聞こえるようになってるから。ま、別に無視してもいいんだけどね。あ、それと、ロザリンドに何を言っても、どんな仕打ちをしても大丈夫だからっ」

そう言って心底バカにしたように笑いながらメアリーが続けた。

「大体そんなところかしらね？　じゃ、私は行くから、分からないことがあったら聞きに来なさい。これが鍵ね。じゃ、そういうことで」

そう言って私に地下牢の鍵を渡してメアリーも去っていった。

「ふぅ………………」

これほどまで殺意を抑えることを苦労したのは生まれて初めてだった。

そして、地下牢の扉の前に立つと、今度は別の意味で心臓が高鳴った。ドキドキと、そして、緊張がこの身体《からだ》を伝っていることが分かる。私は今、生まれて初めて緊張しているのだ。

「マスター……？」

扉を前に硬直している私へニシャが心配するように声をかけた。

「ニシャ……この扉の向こうには、ロザリンド様がおわす。この世界で最も美しく、最も気高く、最も高貴で、そして最も不幸なお方だ。だから、だから私はロザリンド様をお幸せにして差し上げたい。幸福な生を送っていただきたい。私はそのために生きている――」

「はい、それもう、耳にタコができるほど聞きましたよ」

頷《うなず》くニシャに私は首を横に振った。

「だがなニシャ、私はお前に私と同じようにロザリンド様へ奉仕することを強制しない」

「……どういうことですか？」

「お前はお前なりにロザリンド様に接すればいい。そういうことだ。私に倣って無理に敬語を使ったり、遜《へりくだ》ったり、盲従する必要はない。自分が思ったまま、感じたまま、ロザリンド様と接してもらいたいんだ」

「……分かりました」

要領を得ない、といったような表情をしながらも、ニシャは頷いた。

そうして私は地下牢へ続く扉を開き、ランタンを持って石造りの階段を一歩、また一歩と足を進めた。足音が聞こえないほど心臓がバクバクと激しく動悸《どうき》し、足元がおぼつかないほどに緊張している。

そして――

暗い階段の果てに、薄暗い地下牢が姿を現し――

「……誰だい？　聞いたことのない足音だね？」

澄んだ美しいお声が響き――

視線を上げると、目の前に、あのお方が、この私にとって神にも等しいお方、ロザリンド様がおわした――

七　ロザリンド・ベルクラント

雪のような白い肌と髪に、まつ毛の長い二重の大きな真紅の瞳、形の良い小鼻に、小さな口の絶世の美少女、まるで天使のようなお姿の、挿絵でしか見たことのなかった、現実の、生のロザリンド様が――

百二十センチほどの小柄な背に、腰に届くほどの長い後ろ髪に鎖骨に届くほどの横髪、そして前髪は目の上辺りで、かつてのニシャのようにガタガタにカットされている。だが、それでも、息を呑むほどに、言葉を忘れてしまうほどに、完璧な、そのお姿も、そのお声も、その全てがお美しかった――

「……誰だいキミたちは？」

牢《ろう》越しに私とニシャをご覧になったロザリンド様がそうお声を発せられた――あの【ロザリンド様】が、この「私」を認識してお声をかけてくださったのだ――

「あ、ああ……」

私を構成する三十七兆二千億個の細胞全てが喜びに打ち震えている。私は我を忘れて顔を伏せながら、牢の鍵を開け扉を開き、顔を伏せながらロザリンド様の手前に立ち、跪《ひざまず》いた――

ニシャも私の異変・異常に気付きながらも追従してくれている。

「……謹んで申し上げます。私《わたくし》は本日よりメアリーの後任として、畏れ多くもロザリンド様のお世話係、専属使用人に、エドワードから命じられた者でございます。孤児出身なので名はございません。ですが、周囲の者からはラプター、と呼ばれておりました――」

「同じく、妹のニシャでございます」

私は頭を下げたままそう答えた。何故《なぜ》なら、お美しすぎるロザリンド様のご尊顔を緊張で直視できなかったからだ。

「……言葉遣いがおかしいね？　お前の主人は父上で、私に仕えるのはその命令のためだろう？　なのに、何故父上を軽視し、私を畏敬するような口調なんだい？」

ロザリンド様が発せられるお言葉の一言一言が深くこの胸を打つ。かつて訓練の一環として覚醒剤を致死量一歩手前まで打たれた時よりも遥《はる》かに、数百倍の快楽物質が脳内で分泌されている――

「はっ！　ロザリンド様には嘘《うそ》偽りなく、全てをお話しいたします‼　私はロザリンド様

にお仕えするために、ロザリンド様をお幸せにするためにこの屋敷へと参りました‼　ロザリンド様を軽視し、蔑む者は全て私と相容《あいい》れぬ存在なのですっ‼　ゆえに、当主でありロザリンド様の実父であるエドワード始め、実母イザベラ、実兄ワイアット、家令イライジャ、前任者メアリー、それらは全て私の敵であるからですっ‼」

言い切った私の言葉の真意を確かめるようにロザリンド様は暫《しばら》く無言のままで、こちらをご覧になっているようであった。ロザリンド様は、人の真意、嘘偽り、本音本心、嘘誠を見抜くお力をもっていらっしゃるのだ──

「……おかしな奴《やつ》だね。私に諂《へつら》ったところで、なにも……」

「諂いではございませんっ‼」

ロザリンド様のお言葉を遮るように私は生まれて初めて、演技ではない感情的な大声を上げた。

「っ……」

「ロザリンド様、確かに私は貴女様《あなたさま》に不釣り合いな、素性定かならぬ胡乱《うろん》な輩《やから》でございます。ですが……ですからこそ、本心をお伝えします。ロザリンド様、私は貴女様にお仕えするために、貴女様をお幸せにするためにこの世界に来たのですっ‼」

「……世界とは、大きくでたね……お前は頭がおかしいのかい？」

ロザリンド様のお声は、美しくも、人を拒絶し、一線を引いている。心の壁がある響きを含ませていた。

「よく言われます。しかし、これは私の紛《まが》うことなき本音でございます――」

「ふぅん……」

そうしてロザリンド様の視線が向けられていると感じている私はずっと、頭を下げて床を見たままでいた。

「なら……」

そう、訝《いぶか》しむような、寂しげな声音でロザリンド様が口を開かれた。

「何故、私を見ようとしないんだい？」

その悲しみがこもった一言は、何よりも強く私の心に突き刺さった。

「それは……ロザリンド様があまりにもお美しすぎて、直視ができないからでございますっ」

「嘘をつくな。お前も皆と同じだ。この容姿を気持ちが悪いと思っているんだろう？」

「そのようなことは、ロザリンド様に誓ってございませんっ‼」

「ならば今すぐ顔を上げて私を見ろっ！」

「失礼いたしますっ‼‼」

私はその言葉に応えるように反射的に覚悟を決めて顔を上げた――

すると、そこには、目の前二メートルには、麗しきロザリンド様がおわした。

私が持って来たランタン、壁の燭台《しょくだい》の火、そして地上と繋《つな》がっている空気孔の僅かな光に照らされたロザリンド様が、そのお姿が、先程牢の前で見たおぼろげな姿ではなく、はっきりとこの目に映った――

「どうだ？　私の顔は？　醜いだろう？」

ロザリンド様はその真紅の双眸《そうぼう》で私を見、そう問いかけられた。その美しい真紅の瞳には、誰をも拒絶するという陰が、何にも希望を見出《みいだ》せないという暗闇が広がっていたが、それすら、それが、そのせいでより、私はロザリンド様が愛《いと》おしくなった――

「うっ……」

「う？」

「美しい――」

そのあまりのお美しさに、感動に、思わず涙が零《こぼ》れ、頬を伝った。

「っ！」

私の反応に一番驚いていたのはニシャでも私でもなく、ロザリンド様であった。

「美しい……貴女《あなた》はまさしく天使……いや、神の如《ごと》く美しい――」

自然、その言葉が口をついて出た。

「…………っ」

私が本心から言っていることを感じられているのか、ロザリンド様は目を見開いて、どう反応して良いのかわからないような表情をなされていた。

私は改めてお美しいロザリンド様に深く頭を下げた――

「お美しいロザリンド様、改めてお願い申し上げます。どうか……どうか私を、貴女様の従者にしてください。貴女様にお仕えさせてください――」

「なっ……何を言っているんだお前は……っ。もう父上から命じられているだろう？」

「いいえ、あのような野卑で低俗な俗物の命令ではなく、私は、貴女様のお言葉で、貴女様のご命令で……いえ、身の程知らずなことを言えば、貴女様に求められてお仕えしたいのですっ」

「……悪いが、私は誰も信用しない。ゆえに、誰も求めていないんだ」

ロザリンド様はそうお答えになり、そっぽを向きながらも――

「……だが、仕えたいというのなら勝手にしたらいい――」

そうおっしゃられた。

「はっ！　ありがとうございますっロザリンド様っ‼　恐悦至極でございますっ‼」

「ふんっ、今はそう言っても、お前はきっと後悔するだろう。貧乏くじを引かされた。と、ね——」

少しだけ顔を上げると、ロザリンド様のお顔には少しだけ朱がさし、そして、瞳が少しだけ潤んでおられた。

その横顔を見て、また私は雷に打たれたような思いがし、そして、この世界に来てから、絶対に言っておかなければいけないことを思い出した。

薄幸のロザリンド、原作最終巻の、崖に身投げする前にロザリンド様が誰に言うでもなく呟《つぶや》かれたお言葉【何で私は生まれてきたんだろう？】その悲しすぎる問いにお答えするために——

「ロザリンド様……最初で、最後に、一つだけ、ご無礼をお許しいただけますか？」

「……なんだ？」

私は立ち上がってロザリンド様の目の前まで歩き、両膝をついて屈《かが》み——

「なっ、何をする気……っ?!」

優しくロザリンド様を抱きしめた。歳《とし》不相応に華奢《きゃしゃ》で、そして柔らかなロザリンド様の感触が伝わる。

「なんのつもっ……！」

「生まれてきてくれて、ありがとう――」

「っ――」

私の言葉に、私を振りほどこうとされたロザリンド様の身体《からだ》から力が抜けていく――

「なっ、なにを言って……」

そのお声は涙声になられている。

「貴女様が生まれた意味は、私には分かりませんが……私が生まれてきた意味は、貴女様と出会うためにあった。それだけは断言できます――」

「なっ、なにを言ってるんだっお前はっ……？　本当に頭がおかしいんだろうっ？」

私の胸にすっぽりと収まるその小さなお身体は震えていた。

「……よく言われます」

「命令だ……私がいいと言うまで、このままでいろっ」

「はい……」

そうしてロザリンド様は私の胸の中で声を殺してお泣きになった。私は命じられたまま、ロザリンド様を抱きしめ続けた――

「もう……いいよ……」

「はい……」

ゆっくりと、ロザリンド様から腕を解き、元の位置に戻った。

「……変な奴だ、仕えたいと言っておきながら、人の心にズカズカと踏み込んでくる。無礼者め――」

ロザリンド様は泣き腫らした瞳で私を軽く睨《にら》まれた。

「お許しください。ですがこれだけは、どうしても言っておきたかったのです……」

「お前は……本当に私に仕えるために、わざわざここまで来たのか？」

「はい」

「何故……」

ボソリ、とロザリンド様はそうこぼされた。きっと、自分にそんな価値なんてないとお思いになっていらっしゃるのだろう。

「それは、ロザリンド様がお美しいからでございます。私は、ロザリンド様と出会うためだけに、ロザリンド様に、この身命を懸けてお仕えするためにここへ参りました。ロザリンド様、どうか、私を如何様《いかよう》にもお使いくださいませ。貴女のためならば、このラプター、犬馬の労をも厭《いと》いません――」

ロザリンド様はその真実を見抜く瞳で、私の瞳を見られた。

だから、この私の言葉も、おためごかし、ごますり、阿諛《あゆ》や諂いではなく、そして気が狂っているというわけでもなく、正気で自分のことを美しいと、そしてそのために命を懸ける強靱《きょうじん》な意志があるのだと、理解なさったような表情をお浮かべになられた。

「お約束します。私は必ず貴女様をこの牢からお救いし、お幸せになっていただくことを、貴女様が生まれてきたことを、心からお喜びになる日を訪れさせることを――」

私の言葉に堪えられない。といったようにロザリンド様が反応なされた。

「分かった、もう分かった……仕えたいのなら好きにしろ。だが、私は誰も必要としていない。それを忘れるんじゃないよ」

「はっ！　ありがとうございます！　ロザリンド様っ！」

「そっちの彼女は……」

「はい。お察しのとおり、妹でも、血の繋がった存在でもありません。彼女はニシャ、私のパートナーであり弟子であり、ロザリンド様の次に、私にとって幸せになってもらいたい者でございます」

「よろしくです。歳は十二、王都のスラムで生まれ育ち、一月《ひとつき》ほど前にマスターに拾ってもらいました」

そう言ってニシャはペコリと頭を下げた。少しだけ可愛《かわい》らしい嫉妬心が顔に出ていた。

「お前は不幸な人間を見ると、誰でも幸せになって欲しいと思うのかい？」

「いいえ、ロザリンド様。私が幸せになってもらいたいと思い、願い、そのために行動できる人物は、この世界で二人だけ。ロザリンド様、貴女様と、このニシャだけです」

そうして私は少しだけ嫉妬で不貞腐《ふてくさ》れているニシャの頭にポンと手を置いた。

「ふふっ……ホントに変な奴だね。主人がこれじゃ、キミも大変だろう？」

「ま、そこも含めてマスターですから」

言われたとおり、ニシャは自分が思うようにロザリンド様に接し、そう返事をした。

「……不思議だね、なんだかキミとは初めて会った気がしないよ」

「……そうですね、私も同じ気持ちです」

二人は暫く目と目で会話するように、無言で見つめあった。

「……ラプターにニシャだったか、別に、深い意味はないが一応言っておこう。これからよろしく頼むよ」

「はっ！　こちらこそ、お仕えできて光栄でございますっ！　お美しいロザリンド様！」

「よろしくです」

「ラプター、私はお前を認めたわけじゃない。自分が押しかけ従者ということを忘れるなよ？」

「はっ！　勿論《もちろん》でございますっ！」

こうして私たちは晴れてロザリンド様のお世話係となることができた――

私が今日という日を忘れることは一生ないだろう。ロザリンド様にお会いし、会話をすることができ、そのお身体に触れ、抱擁《ほうよう》することができた――

この感動は言葉にすることはできない。この喜びを、感動を、筆舌に尽くし難《がた》い魂が震えるほどの思いを――

八　奉仕と暗躍

「おはようございますロザリンド様。今日も大変お美しいですね。絶世の美、とはまさしくロザリンド様のためだけにある言葉でございます」

「……やはり、昨日の出来事は現実だったか……」

翌日、ご奉仕のために地下牢《ろう》へと入り挨拶をすると、ロザリンド様は私を見るなり、少しげんなりしたような反応をなされた。滑らかな雪のような白い肌と髪に、真紅の瞳、その優しくも凜《りん》とした芯のある美声、それら全てが私の琴線を刺激する。

「はい。実は私も夢ではないかと疑っていたのですが、こうしてロザリンド様のお姿を拝見して、夢ではないと、その感動に打ち震えている次第です」

「ニシャ、お前の主人は朝からトんでいるね」

「はい。ロザリンド様のことになると、マスターはこうなるんで慣れてください。それ以外だと、怖ろしいくらい優秀ですから」

「まぁ……悪い気はしないけどね……」

地下牢はその名の物々しさとは少々異なり、一応はロザリンド様が快適に過ごせるように設計されている。

地下牢内の広さは二十㎡ほどあり、地上と繋《つな》がる空気孔からは日光や月光が間接的に入り、水道や下水設備も整っているため、洗面台の蛇口を捻《ひね》れば水が出るし、排水も可能となっており、さらに牢屋《ろうや》内の備品として、床に敷物が敷かれ、寝台、鏡台、クローゼット、テーブルと椅子、ソファーや本棚が置かれ、一応は生活に不自由ない（あくまで牢屋と考えた場合）造りとなっている。

オリヴィアに読み書きを教えてもらったロザリンド様は、この地下牢で読書をすることだけが唯一の楽しみ、趣味といえる趣味であり、そのため、十歳というお歳《とし》のわりに教養があり、知識が豊富で、難しい単語や言葉といった語彙《ごい》が豊かなのはそのためであった。

「ロザリンド様、こちらが本日のご朝食になります」

「うん……？　今日は随分と豪勢だね？」

私が差し出したプレートに載せられた食事を見て、ロザリンド様はそう感想をおっしゃった。

「はい。屋敷の料理係に聞きましたところ、ロザリンド様のお食事の内容があまりにも粗末でしたので、少し手回しをしました。ロザリンド様は御歳《おんとし》十歳。成長期でいらっしゃいますから、沢山食べていただかねば。と、僭越《せんえつ》ながら私が厨房《ちゅうぼう》に立ってお作りさせていただきました」

「なに……？　これは全部お前が作ったのか？」

「はい。栄養バランスを考え、ロザリンド様が栄養不足や、免疫力が低下しないよう、このラプター、思案に思案を重ね、お作り致しました」

厨房を任されている使用人たちに賄賂や心理操作術を用い口止めをしつつ、使ってもいい材料で、寝ずに完璧な栄養バランスを考え作ったのだ。

「マスター寝てないんですよ。紙とペンを持って、一晩中ずっとああでもない、こうでもないって唸《うな》ってましたからね」

すかさずニシャがフォローしてくれる。

「ふぅん……悪い気はしないけどね……」

そう言ってテーブルに着いたロザリンド様は、ナイフとフォークを持ってお食事を召し上がった。

「……！　これは……美味《おい》しいね——」

オムレツを一口食べたロザリンド様は目を見開かれた。

「恐悦至極にございます――」

「ラプター、お前は料理もできるのか？」

「はい。ロザリンド様がお望みなら、私にできないことはございません――」

答えながら右手を腹に当て、左手を横に伸ばす洋式の礼、ボウ・アンド・スクレイプをしながら頭を下げた。

「ふう……久しぶりに満腹を感じたよ。ごちそうさまだ。下げてくれ」

ロザリンド様は私が作った朝食を完食してくださった。

「はっ！」

そうして食器類を下げた後、一つの疑問をロザリンド様に問いかけた。

「ロザリンド様、失礼ですが、その髪は誰が散髪されているのですか？」

「うん、これか？　私に理容師など当てられるわけがないからね。自分で切ってる」

予想どおりの答えに心を痛めながら、一つの提案をする。

「僭越ながら、このラプター、散髪には多少の心得がございます。どうか、ロザリンド様の御髪《おぐし》を整えさせていただきたく思いますれば――」

「何？　お前が？」

不審そうに私を見るロザリンド様にニシャが助け舟を出すように口を開いた。

「ロザリンド様、実は私の髪もマスターに切ってもらっているんですよ」

「なに？　その髪は専門職に切ってもらってるんじゃないのかい？」

「いいえ、私も今まで自分で切っていましたが、マスターに出会ってからは、ずっとマスターに切ってもらっています」

ニシャの答えに驚かれたロザリンド様は、細いアゴに右手を当てられ、考える素振りをなされた。

「ふぅん……どうせ髪は伸びるんだ、一度他の者に切ってもらうのもありかもしれないね」

「ロザリンド様っ……では っ……⁈」

「あくまでお試しだ。どうせ私が丸坊主でも髪形がガタガタでも誰も気にしない。だから、一回はお前に任せてみるのもありかもしれないというだけだよ」

「ありがたき幸せッ‼　ニシャっ‼」

「はいはいマスター……」

そうしてニシャが散髪の準備をして、私は鏡台の前に座られたロザリンド様の首周りに髪避けのクロスを巻き、散髪を開始した。

「ロザリンド様……なにか、ご要望はございますか？」

にするといい」

「特にないよ。ただ、このガタガタな髪形を均《なら》してくれればそれでいい。後はお前の好き

「はっ！　かしこまりましたっ‼」

私はニシャから受け取った霧吹きでロザリンド様の髪を湿らせ、感動に打ち震えている魂と身体《からだ》と手を抑えて、冷静にロザリンド様の散髪を開始した。ロザリンド様の髪は最高級のシルクのようにサラサラとしていながら、柔らかくしっとりとした、ハサミをいれることを躊躇《ためら》ってしまうほどに、素晴らしい触り心地だった。

「これは……驚いたね……」

「いかがでしょうか？」

ロザリンド様のガタガタだった前髪や横髪をいわゆる姫カットのように綺麗《きれい》に切り揃《そろ》え、長い後ろ髪はそのままに、軽く梳《す》くように切り揃えて散髪をし終え、手に持った鏡で鏡台に後ろ髪が映るようにすると、ロザリンド様は感動なされたようであった。

「いいね……気に入ったよ……自分で切るよりも、こっちのほうがよっぽどいい……」

「お気に入りいただき、恐悦至極でございます」

礼をしつつ、床に散らばっているロザリンド様の御髪をニシャとともに箒《ほうき》で集めちり取りに入れる。本当ならこの麗しい御髪を捨てるなど言語道断。一本残さず手で埃《ほこり》や汚れを

払いながら優しく拾い集め、持ち帰って家宝にしたいくらいなのだが、流石《さすが》にロザリンド様に人間性を疑われてしまいそうなのでグッと堪えた。

「ニシャ、ロザリンド様の湯浴みと、お召し物のお着替えのお手伝いを」

「はいマスター」

「私はこれより所用がございますれば、失礼させていただきます。何かご用があれば、ニシャにお伝えください。ニシャ、後は頼んだぞ」

「はいマスター」

そうして私は地下牢にニシャを残して、やるべきことがあったので地下牢から屋敷へ戻った。

――――――

「…………それで？　どうします、ロザリンド様？」

地下牢に残ったニシャはロザリンドにそう気安く声をかけた。

「？　どうします、とは、なにがだい？」

ロザリンドもロザリンドで、ニシャのその気安さが、かえって心地よく感じられていた。

破《わ》れ鍋に綴《と》じ蓋《ぶた》のように、これが自然な姿・関係であるように思えたのだ。

「折角散髪したんですから、湯浴みの後、髪を結いましょうか？」

「髪を……結う？」

「はい。お嬢様は、私と違って髪が長いんで、好きな髪形に結えますよ」

「……頼めるかい？」

「はい。ご要望は？」

「特にないんだが……ニシャが思う、私に似合うもので頼むよ」

「一番難しい注文ですね……」

そうしてニシャがロザリンドの湯浴みの手伝いを終え、髪を結っている頃、屋敷のエントランスにいたラプターはルイスから声をかけられていた。

――――――

「おや、ラプターさん、このような場所で出会うとは珍しいですね？」

ルイスは初めて出会ったときのような砕けた口調ではなく敬語で話しかけてきた。その長い前髪から覗《のぞ》く瞳は鋭く、口には微笑が浮かべられているが、表情とは裏腹に内心でこちらを探っている様が見て取れた。

「……どのような意味でございますかルイス様？　私が出仕してからまだ二日目、珍しいもなにもないかと思いますが……？」

「……それもそうですね。ところで、あれだけ旦那様をお怒りにさせたのに、どうしてアナタたちは採用されたのですか？　それも……この屋敷の最重要機密である、あの方、の専属従者に？」

「それは……なんといったらよろしいのか……神のお導きとしか……お答えできません……」

至極困ったというような表情で答える。

「永遠の相《そう》の下《もと》に？」

「はい。そうとしか……」

【永遠の相の下に】とは、サク＝シャ教における祈りやその結句に用いられる言葉だ。

「アナタが神や運命を信じているようには、とても見えないのですけれどもね？」

初対面のときに思ったとおり、このルイスという男、できる。油断ならない男だと、諜報員《ちょうほういん》の経験と勘が告げている。

「いえ、私は運命を信じています。もし信じていないのならば、ルイス様と出会った日、コイントスを受けていませんよ……」

ただし、受け入れられない運命なら徹底的に抗《あらが》う、と続く。が、その言葉は飲み込んだ。

「ふむ……」

そうルイスと互いに探りあいをしていると。屋敷中に響き渡るような甲高い怒声が響いた。

「首飾りが無いわ！　イライジャ！　イライジャはどこ⁉」

そう大階段の上から身を乗り出してヒステリックな大声を上げているのはロザリンドの実母、イザベラ・ベルクラントであった。

歳は四十で金髪のロングヘアーに大きな瞳の垂れ目、右目に泣きボクロがあり背丈は百六十センチ程で、ロザリンド様の母上だけあって目鼻立ちは整っており、まだ二十代にも見える若い容姿に、胸は大きく張り、腰は細く、尻や太ももは程よく肉付き色気のあるものであった。

夫人は大階段の上から踊り場まで下りてきながら、イライジャや他の使用人たちにも聞こえるような大声でそう叫び続けている。イライジャは何事かと姿を現し、イザベラの前に立って頭を下げた。

「奥方様、いかがなされました？」

他の使用人たちも仕事の手を止め何事かと遠目にその様子を眺めている。

「私のお気に入りの瑪瑙《めのう》の首飾りが無くなっていたのよっ⁉　朝ちゃんと鏡台の前に置いておいたのにっ⁉　盗まれたに違いないわっ‼　すぐに犯人を探しだしなさいっ‼」

このベルクラント一家はロザリンド様以外、当主も夫人も息子も皆癇癪《かんしゃく》持ちで些細《ささい》なことですぐ怒る。それも、罵声怒声を浴びせられるだけならまだいい方で、大抵は鉄拳や鞭《むち》での折檻《せっかん》も伴う。そのため、他の使用人たちは自分がその八つ当たりを受けぬよう、隠れるようにエントランスから離れて行った。

「そっ、それは大変なことでございますなっ。今朝の奥方様のお部屋の掃除係は……確かメアリーであったはずですが……」

「ならメアリーが犯人に違いないわっ‼　誰かっ‼」

イザベラの声に門番と同じく胸甲に兜《かぶと》をつけハルバードの代わりにサーベルを佩刀《はいとう》した屋敷内の警備兵がやってきた。

「奥方様っ何事ですかっ！」

「メアリーが私の瑪瑙の首飾りを盗んだの！　アナタたちとイライジャはすぐにメアリーの部屋を探しなさいっ‼　そしてアナタはメアリーを捕まえてここへ連行なさいっ‼」

「「は、はっ‼」」

「なるほど……この騒動の始終を見届けるためにここへ来たのですか？」

事の成り行きを見守っていたルイスは私に向き直ってそう口にした。

「？　この始終を見届けるために、とは、どういう意味でございましょうか……？」

心底意味が分からないといったように答える。

「奥方様の首飾りの在《あ》り処《か》を、アナタは知っているのではないのですか？　そして、メアリーがどうなるのかを――」

「……ルイス様のおっしゃりたいことがよく分かりません……私が奥方様の首飾りを盗んだと思っておられるのですか……？　そしてその罪をメアリーさんに被《かぶ》せようとしているのだと？」

「違いますか？」

ルイスの言葉に私は首を横に振った。

「サク＝シャ様に誓って、私はやっておりません。そもそも、何故《なぜ》そのような危険を冒してまで、私になんの恨みがあってメアリーさんを貶《おとし》めなければならないのですか？」

「……ふぅん……ならいいんですがね――」

そうしてイライジャたちがメアリーの部屋を探索している間、警備兵に連行されたメアリーはワケも分からず両手を後ろで縛られた状態でエントランスの大階段前に連行され無理矢理跪《ひざまず》かされ、盗んだ、盗んでいないの問答を夫人と繰り返していた。

「奥方様っ信じてくださいっ！　私が奥方様のものを盗むワケがないじゃないですかっ！」

「黙りなさいっ！」

「母上、何をしているのです？」

そこへ低く冷たい声が大階段の上から響いた。プラチナブロンドの長い髪をポニーテールに結い、長い前髪は真ん中で分けられている。切れ長の涼しげな瞳に鼻の高い容姿の整った美男子。今年で二十三になる次期ベルクラント家当主、ロザリンド様の実兄、ワイアット・ベルクラントであった。

「この娘が私の首飾りを盗んだのよっ‼」

メアリーは光明が差したといったように、懇願するような諂《へつら》うような表情と声色でワイアットに向かって口を開いた。

「若様っ！　お助けくださいっ！　私は何も盗んでなどおりませんっ！」

「奥方様っ！　発見しましたっ‼　メアリーの部屋のベッドカバーの下に隠してありました‼」

白手袋をはめ両手に大事そうに首飾りを持って駆けるようにやってきたイライジャの言

葉にメアリーは信じられないという表情を浮かべた。

「そっそんなっ……⁉　ぎゃっ⁈」

夫人は警備兵から受け取った乗馬用の鞭で、言い訳をしようとするメアリーの頬を思い切り打った。

「しっ、信じてくださいっ奥方様っ！　わっ、私はやっていませ……若様っ‼」

メアリーは床に倒れ、口から血を流し、頬に蚯蚓《みみず》腫《ば》れを作りながらも無実を訴えた、が――

「母上、気が済みましたらこの痴《し》れ者《もの》を放逐《ほうちく》するべきでしょう」

「ええ、そうね――」

「そっ……そんなっ――」

絶望の表情を浮かべるメアリーにワイアットは一片の情けも見せず、ゴミを見るように一瞥《いちべつ》したあと、私の隣に立つルイスを睨んで怒鳴り声を上げた。

「ルイス‼　捜したではないか‼　俺に無断でどこへ行っていたっ⁈」

「失礼しましたワイアット様っ‼」

ルイスはすぐさま大階段を駆け上ってワイアットとともに去って行った。

「ルイス……か――」

ルイス……本編でも外伝でもスピンオフでもほとんど出番のない男であり、設定資料集でもたいした情報が載せられていない男であり、掲載紙の後書き、作者の対談、スピンオフ作品における扱い等、私が知る限りの全てでそれ以外の情報もないため謎に包まれていたが、中々に手強《てごわ》い相手だと思い知った。

結局メアリーはイザベラの癇癪が治まるまで全身を散々に鞭で打たれた後、屋敷の使用人服を脱がされ、私物をまとめた鞄《かばん》とともに傷だらけの身体のまま文字どおり屋敷の外へと放り出された。

――

――

――

「…………」

そうして領地追放を言い渡されたメアリーは傷だらけの身体を引きずって街へと消えていった――

そしてその翌日以降、ペンドラゴンを始めとしたベルクラント領内で、ベルクラント侯爵の隠し子の話、地下牢の姫君、薄幸《はっこう》のロザリンド、加護人、神罰の噂《うわさ》が爆発的に広がったのであった――

九　ベルクラント家の者共

領内中にロザリンドの噂《うわさ》が広まり、そのことが耳に入ったエドワードは大激怒し、領民に対しロザリンドについての噂を話した者は鞭打《むちう》ち刑に処すと箝口令《かんこうれい》を敷き、さらには、その噂を吹聴《ふいちょう》したであろう犯人をメアリーだと断定し、屋敷の人員及び家臣の騎士たちや領民を総動員してメアリー探索を行った。

が、結果はペンドラゴンの外れにある大きな川で入水《じゅすい》自殺したものらしきメアリーの水死体が見つかったのみであり、遺書はなかった。案の定と言うべきか、イザベラもワイアットもメアリーの死を全く気にかけておらず、むしろ当然の結果だといったような反応だった。

ただ唯一ルイスだけは私の所へ「アナタですか？」とまた探りをいれに来たので、まったく事情が理解できないといったふうに否定するとルイスは「そうですか」とそれ以上深く追及してくることはなかった。

「ふぅん……それでここ数日上が騒がしかったんだね」

食後の紅茶をお飲みになりながら、事の顛末《てんまつ》を聞かれたロザリンド様は、そう短く感想をおっしゃった。

「騒がしかったって、地下牢《ここ》じゃ上がどれだけ騒がしくても音なんて聞こえてこないじゃないですか」

地下牢《ろう》では屋敷内で爆弾でも爆発しない限り、音なんて聞こえてこない。そう指摘したニシャにロザリンド様は小さく笑って答えられた。

「音ではね。ただ、感覚で分かるんだよ。なんせ、生まれてこのかたずっとここにいるからね」

「へぇ～不思議なもんですね」

「ロザリンド様、紅茶のおかわりはいかがですか？」

「もらおうか」

私がおかわりの紅茶を注いでいる間、ニシャがロザリンド様に問いかけた。

「それにしても、あの性悪女が死んだことに対して何か思うところはないんですか？　アイツに散々酷《ひど》い目にあわせられたんですよね？　やったぜー、とか、ざまーみろ的な」

ニシャの言葉にロザリンド様はしばし新しい湯気の立つ紅茶を見つめながら、頤《おとがい》に手を当て考える素振りをなされた。

「うーん……やっぱり特にないかな。むしろ、人間はあんなものだと学ばせてもらったくらいだよ。それまでの私がめぐまれ過ぎていたのだと。希望を抱かなければ、絶望もない。と、ね。だからなんとも思ってない。良かったとも、残念だとも」

ロザリンド様は光のない瞳でそうお答えになられた。

「まぁ、確かに言えてますね。私もスラム時代はそんな感じでしたから」

同意するようにニシャが頷《うなず》く。

「私は何にも希望を抱かないし求めない。喜びも悲しみもない。私にとっての世界は、痛いか痛くないか、苦しいか苦しくないか、不快か不快じゃないか、それだけなんだ」

「あーよく分かります」

実際に私も死生観については二人とほとんど同じだが、これをロザリンド様とニシャが、まだ年端もいかぬ十歳と十二歳の少女が持つ死生観、人生観なのだと思うと、何故《なぜ》か目頭が熱くなる思いがした。

「そのようなことはございませんロザリンド様！　私が必ず、貴女様《あなたさま》を幸せにしてみせます‼　ですから、そのような諦めきったようなことを言わないで下さいませ‼　ニシャもだぞっ‼」

「ふん……？　そう言われてもね……」

ロザリンド様はそんな未来など想像もできないといったような反応をされた。

「まぁ……マスターが言うなら、私は信じますけどね」

「禍福《かふく》は糾《あざな》える縄の如《ごと》しと申します！　二人とも今まで不幸な人生を送ってきたのなら、これからは幸福な人生が待っているのです！　これは予想ではありません。断言です！　それに、メアリーに関しては神罰が下ったのでしょう！　ロザリンド様を無下に扱い、蔑んだ。それだけで万死に値します！　たとえ神罰ではなかったとしても因果応報というものです！」

「……だったら、少しだけメアリーに悪い気もするね。たとえ神様のお裁きとはいえ、彼女は、死ぬほどのことはしていないように思えるからね――」

ロザリンド様のそのお言葉に私は激しく胸を打たれた。その健気《けなげ》さ、心の美しさに。

「ロザリンド様……なんとお優しい……」

「…………」

「なんだニシャ？　何か言いたいことがあるのか？」

「いいえ、べつにー？」

何か言いたげに私を見るニシャに問うとニシャはそっぽを向いてそう答えた。ロザリンド様のお世話役となり、メアリー騒動が起きてから早一週間、その間に、私たちとロザリンド様の関係も少し進展したように思える。

ロザリンド様は未《いま》だに誰にも心を許さず、その瞳に光は無く、私たちに対しても今のように普通に接してくれているようであっても、心は許していないという様子であったが、少なくともこうして会話に応じてもらえているだけで、私は十二分に幸せであった。

「ニシャ、今日もロザリンド様の御髪《おぐし》を結ったんだな」

「はいマスター。どうですか？」

今日のロザリンド様は横髪を三つ編みにされている髪形であった。

「素晴らしい。ロザリンド様はどのような髪形をされていてもお美しいが、今日の髪形もまた、ロザリンド様のお美しさを引き立たせている。流石《さすが》はニシャだ」

「……ありがとうございますマスター」

「二人とも、当人をよそに批評を始めるんじゃないよ」

「はっ！　失礼しましたロザリンド様っ！」

私が跪《ひざまず》いて頭を下げるとロザリンド様は満足したようにうんうんと頷いた。

「それでいいんだ。私は何にも求めず、何にも希望を見出《みいだ》さないが、お前が私を尊重してくれるというのなら、その意志を受けてやろう。つまり、相互じゃない。通じ合っているんじゃない。私が命じ、お前が従う。私が上でお前が下、そういう関係だ。分かっているね？」

「勿論《もちろん》でございますロザリンド様っ！」

「まったくこのお嬢様はどこまで上から目線なんだか……」

ニシャが呆《あき》れたように呟《つぶや》いた。

私が知っている「薄幸のロザリンドの世界」ならば、メアリーは処罰されず好き放題にし、ロザリンド様に罵声を浴びせ、蔑み、食事や湯浴みも満足に行わせないようなクズであった。

当主であるエドワードが死んでからは、新当主ワイアットがロザリンド様の虐待の度合いを更に強め、食事を抜き、風呂にも入らせず、暴力を振るう、それにメアリーも追従するという展開になったが、私がこの世界に来たからには絶対にそんなことはさせない。

たとえこの屋敷に勤める罪人使用人（ロザリンド様に危害を加える者、ロザリンド様を蔑む者）であろうと一般使用人（ロザリンド様に危害を加えない者、蔑まない者）であろうと、その悉《ことごと》くを殺してもロザリンド様をお守りする。それが私の決意だ。

そもそも私に人を殺すことへの躊躇《ちゅうちょ》はなく、それが善人であれ悪人であれ関係ない。特に、現実世界の「機関」が関係しない今となっては、その生殺与奪も全て私の判断に任されているのだから——

「まったく……お前はどうして私にそんなふうに接せるんだい？」

呆れた表情を浮かべられたロザリンド様が、私を見て不思議そうにおっしゃった。

「それは、ロザリンド様が私の全てであるからでございます」

「……ではニシャはどうなる？」

「ニシャは私のパートナーであり、弟子。私が命じれば貴女様のために死す事すら厭《いと》いません。そうだなニシャ？」

「はいマスター」

一瞬の逡巡《しゅんじゅん》もなく答えるニシャの私への信頼に喜びを覚えながら続きを口にした。

「このとおりでございます。私はロザリンド様とニシャの幸せを目指して行動をしています。ですが、ロザリンド様とニシャ、どちらかを選ばねばならぬと迫られたのなら、私は迷い無くロザリンド様を選びます。そして、同じ問いを投げかけられた時、ニシャは迷い無く私を選ぶでしょう」

「はいマスター」

「ふぅん……少しだけ……キミたちの関係が羨ましいかもしれないね——」

そう呟かれ、ロザリンド様は就寝のためベッドに横になられた。

「ロザリンド様、子守唄をお歌いいたしましょうか？」

「……いらない。子供扱いするんじゃない」

「失礼いたしました……では、お眠りになるまで、おそばにいてもよろしいでしょうか？」

「……………そうしてくれ」

そして私とニシャはロザリンド様のスースーとした寝息、そして天使のような寝顔を拝見して、静かに地下牢を後にし、互いに屋敷の風呂場（湯は沸かさねばならないため、使用人は冬でも水の使用しか許されていない）で水浴びをし体を洗った後、使用人専用の食堂で合流した。

「おっ、ラプターにその妹、風呂上がりか？」

「二人揃《そろ》って、いつ見ても仲がいいですね」

「これはカーター様、アンガス様」

私とニシャが微笑を浮かべて軽く頭を下げると、先に食事をしていた料理長である四十を超えた大男のカーターと線の細い三十五になる家令補佐である執事のアンガスが声をかけてきた。

「様はやめてくれって、ガルシアならまだしも、俺はそんなガラじゃねえよ」

「私も様をつけられるような人間ではありませんよ。あくまでイライジャ様の補佐で執事を務めさせていただいているだけですから」

この二人は比較的にこの屋敷内の人間にしては常識人であり、二人ともロザリンド様のことを哀れに思っている人物のため、今のところは今後も含めて生かしておくつもりだった。

特にカーターは料理長であり、アンガスも屋敷の使用人や食器管理を担当しており、ロザリンド様のお食事を私がお作りするため朝昼晩と厨房《ちゅうぼう》を使わせてもらうために、真っ先に懐柔した人物であった。

「いつもお二人や皆様には、ご迷惑をかけてしまって申し訳ありません」

私の言葉にカーターとアンガスが手を振って否定した。

「そんなこたぁねえよ！　お前たち兄妹は料理係の中じゃ大人気さ。お嬢ちゃんは可愛《かわい》いし、なにより、お前のアドバイスのおかげで料理が美味《うま》くなったって、旦那様や奥方様から滅多にかけられないお褒めのことばがかかるほどだからな！」

「私も、食器管理の手伝いをしていただいてとても助かっています」

「それは、大変恐縮です」

ガハハと笑うカーターにアンガスも同調する。

「使用人たちの中でもラプターさんの人気は高いですよ。特に女中たちには。もちろん、ニシャさんも男使用人たちの中で大人気です」

「ふふっ、それはありがたいことです」

「はい。兄さんの言うとおりです」

「じゃぁ、俺たちはもう食べ終わったからよ、失礼するぜ」

「お二人の時間を邪魔するのも悪いですしね」

そう言って「そんなことはありません。お二人のお話はいつも大変勉強になります」と、世辞を言い、二人は気を良くして食堂を後にして行った。

ニシャと夕食のトレーを受け取りながら席に着き、近くに誰もいないことを確認して食事を始めた。

「懐柔工作はまずまず、といったところですね」

「ああ、そうだな」

ニシャの言うとおり、私たちは屋敷の人間を私たちの味方とすべく人心掌握を行っていた。今のカーターやアンガスのような人間には、心から誠実に接する態度で、仕事を手伝い信頼関係を築き、逆に性根が卑しい人間には遜《へりくだ》り、時には金品を渡して味方とするようにしていた。

「味方が多いに越したことはない。次はマーガレットを確実に落とす。そして、嫉妬を買わないよう他の女中たちも同時に味方にする——」

「それは……随分と難しそうですが……」

「なに、やろうと思えばできるものさ。対人、特に異性への人心掌握は初歩中の初歩だからな」

「流石はマスターです」

そうして夕食を終え、自室へと戻る途中、目の前からワイアットとルイスがやってきたので、私とニシャは通路の端に避けて頭を下げ、ワイアットたちが通り過ぎるのを待ったが、ワイアットは何を思ったのか私たちの前で歩みを止めた。

「おい、お前たち、顔を上げろ」

低く冷たい声が響き、私とニシャは顔を上げてワイアットを見た。プラチナブロンドの長髪に目鼻立ちの整った顔つき、ポニーテールに前髪を中心で左右に分けた髪形に、まつ毛の長い切れ長の涼しげな二重、間違いなく美男子ではあるが、その瞳は性格を表すように薄汚く濁っていた。

「ふぅん……お前たちが新しくあのドブネズミの世話役になったという兄妹か」

はい。と、答えることもできたが、ロザリンド様をドブネズミと蔑むその言葉を肯定することは死んでもできないため、私は無言のまま頭を下げて応え、ニシャもそれに続いた。

「ほぅ……お前たち、二人揃って顔がいいな。女、名前はなんだ？」

「……ニシャ・ラルフでございます」

ニシャは私が分かる程度に殺意や怒りを抑えながら従者然としてそう応えた。

「光栄に思え。丁度今晩相手がいなくて暇だったところだ。後で俺の部屋へ来い」

その言葉にニシャのこめかみにピキリと青筋が立ったので、フォローするため口を開いた。

「若様、大変光栄なことでございますが、妹はまだ十二歳、初潮も迎えておらぬ生娘でございます。ですので、どうかご容赦のほどをお願い申し上げます」

「なんだお前？　下郎の分際で俺に逆らうつもりか？」

今度はワイアットが青筋を立て、今にも爆発しそうなほど腹立たしげに私を睨《にら》んだ。

「滅相もございません。むしろその逆でございます。何も経験のない妹が、若様に失礼、ご無礼をしてしまうことを私は怖《おそ》れているのでございます」

「ほう、俺の為《ため》、とな？」

「はい。先にも申しましたとおり、我が妹はまだ初潮も迎えておりません。女として、男を受け入れられる体になっていないのでございます。なので、もしその時がきましたら、喜んで若様にご奉仕させていただきたく存じます」

「なるほど……悪くないな。ならば、その時が来たらすぐ俺に教えろ」

「かしこまりました。若様――」

「ルイス」

ワイアットは後ろに控えているルイスを見た。

「はっ！」

「お前はこの女を知っていたか？」

「はい。存じておりまし……っ！」

ルイスが言い終わる前にその頬へワイアットが強烈な裏拳を放ち、ルイスが片膝を突く。

「屋敷内で見目の良い女が入ったら知らせろ。と、言っておいただろう？」

「……申し訳ございませんでしたワイアット様っ」

「声が小さいっ‼」

「ぐっ……！」

ワイアットはさらに跪くルイスの顔面を思い切り殴り飛ばした。

「今回はこれだけで許してやる、感謝しろ」

「はっ！　ありがとうございます！　ワイアット様ッ！」

そのルイスの顔を見た私は小さな驚きを禁じえなかった。酷く理不尽な理由で殴られたというのにルイスは笑顔を浮かべていた。それも、作り笑いではない心底からの笑みで、ワイアットに対する微塵《みじん》も揺るぎない「忠誠」「狂信」を宿した瞳に。

「ふんっ使えぬクズが……行くぞ」

「はっ！」

そうして説得に応じたワイアットの姿が見えなくなるまで私たちは頭を下げていた。ニシャはワイアットの姿が見えなくなると私を見て不安そうに口を開いた。

「マスター、私は……」

「隠し通せ。ワイアットは長くない。分かったな？」

「っ……はいっ！」

私はニシャを、ニシャが望む者以外に体を差し出させるつもりはない。たとえそれがロザリンド様のご命令であっても、だ。ニシャもその真意を感じ取ったのか、嬉《うれ》しそうに返事を返した。

「それにしても……あのルイスとかいう男……」

そこでニシャは続く言葉を止めた。

「どうした？　言ってみろ」

「はい……その……少し……雰囲気、感覚が……マスターと似ているように感じました……」

「……そうかもしれないな。気をつけておけ。この屋敷で唯一、ルイスだけが危険だ」

「はいっ！」

エドワード、イザベラ、ワイアット……確かに皆顔はいいが、性格は人間の最底辺とも呼べるほど腐りきっている。そんな中に、どうしてロザリンド様のような、見目もお心も美しい奇跡のような存在がお生まれになったのだろうか？　その疑問を自分の中で繰り返し考えつつ、私たちは床に就いた。

十　愛と挺身《ていしん》

「おはようございますロザリンド様。今日も大変お美しゅうございますね。読書するお姿すら、一枚の名画のようでございます」

私とニシャが朝食をお運びする頃には、ロザリンド様はご起床されて、テーブルの椅子に座りながら、何かの本をお読みになられていた。

「全く……お前は朝から口が上手《うま》いね」

私の言葉に呆《あき》れるようにロザリンド様は読んでいた本を閉じながら、私たちを見られた。

「いいえロザリンド様。私は口が上手いのではございません。ただただありのままを言っているだけなのでございます」

「……ラプター。私は常々、お前が本気で頭がおかしいんじゃないかなって思うよ」

「かもしれませんね」

「ふふっ、暖簾《のれん》に腕押しだな」

ニッコリと微笑《ほほえ》むとロザリンド様も小さく笑みをお浮かべになられた。

「お前の料理は美味《うま》いし、メアリーに比べれば、いや……流石《さすが》にアレと比較するのは、たとえお前とはいえ失礼だな……私のためによく尽くしてくれている。だが、だからこそ一つ解《げ》せんことがある」

朝食を食べ終えられたロザリンド様は、口元をナプキンで拭われながらそうおっしゃった。

「何故《なぜ》そこまで私に尽くしてくれるんだい？」

「ロザリンド様を、愛しているからでございます」

「何でございましょうか？」

「っ…………」

私の間髪容《い》れぬ答えに、ロザリンド様は思いもよらないといったような、見当違いの答えが返ってきたというように、瞳を見開かれ、顔を赤くされ言葉に詰まられた。

「わっ、私といい、ニシャといい、おっ……お前は、幼い女しか性的対象にできない、といったような、そっ……そういう輩《やから》かっ？」

ロザリンド様は、自身の言葉が的外れとは判《わか》っていながらも、状況証拠的に見当違いではない、ある種正解ともとれるような説得力があるために、私に一矢報いたいといったように、そうおっしゃった。

「いいえ、ロザリンド様。私はたとえロザリンド様やニシャが何歳であろうと、老人であったとしても、今のように愛し、その幸せのために尽力することを断言いたします」

私はロザリンド様やニシャの年齢や性別を愛したのではない。ロザリンド様、ニシャという人間を愛したのだ。そこに、歳《とし》や容姿性別は関係ない。

始まりは「薄幸のロザリンド」という小説の架空の登場人物、容姿や性格、境遇に惹《ひ》かれたのだとしても、それが愛に昇華されれば信仰なのだ。

そこにはあらゆる困難も障害も関係ないのだ。物語の登場人物であろうが、私にとっては神の如《ごと》く存在するに他ならない。だからこそ、私はロザリンド様の死に、自分の死を選んだのだ。フィクションの死に現実の死を重ねたのだ――

「…………信じられないね――」

ロザリンド様は言葉に詰まられ、寂しげに一言こぼされた。

「信じてしまえば、それを裏切られることが怖いから……で、でしょうか？」

「……さぁね」

「ロザリンド様、何も気に病まないで下さいませ。私はロザリンド様より、必要とされずとも、信用されずとも、ロザリンド様にお仕えできる。ただそれだけで幸福なのでございますから――」

私がロザリンド様にとって母とも言えるオリビアの代わりになる。などという分不相応な思い上がりは微塵《みじん》もない。ただ少しでもロザリンド様のお役に立ちたい。というのも私は、こうしてお仕えすることを許されている今の状況、それだけで、何にも代え難《がた》いほど幸福なのだから。

「……本当におかしな奴《やつ》だ……私の何がお前の心をそこまで打ったのか知らないが、どうせ、幻滅することになるに決まってる……」

今日のロザリンド様はいつにもなく弱気でおられた。きっと、メアリーからの迫害や、自身の境遇から、愛されることに慣れていない。もっと言えば、自分は他人から愛される価値がない。と、思っていらっしゃるのだろう。

「いいえ、ロザリンド様。私がロザリンド様を見放すこと、幻滅することは、何があってもございません」

「……まるで信仰だな」

「はい。私はサク゠シャを評価はしても信仰などしておりません。むしろ蔑んですらいます。私が信仰するものはどの世界でもただ一人だけ、そう、ロザリンド様、貴女様《あなたさま》だけでございます――」

「ふふっ……困ったな……ここまで頭がおかしくては、手がつけられないよ──」

私の答えにそうおっしゃりながらも、ロザリンド様は少しだけ心を許されたような笑みをお浮かべになり、次いでニシャを見られた。

「ニシャ、お前はこんな主人を見てどう思う？」

「マスターのロザリンド様信仰は出会う前からのものなので、どうしようもありません。それもひっくるめて私のマスターなんですよ」

「何？　お前は私のことをこの屋敷へ来る前から、本当に知っていたのか？」

ニシャの答えにロザリンド様は驚いたような表情をお浮かべになられた。

「はいロザリンド様。詳しくお伝えすることはできませんが、貴女様がお生まれになってからずっとこの地下牢《ろう》に幽閉されていること、その経緯、ご家族の性根の悪さ、そして貴女様を愛し尽くしたオリビア女中長のこと、後任であるメアリーが貴女様へ行った数々の悪事、その全てを私は知っています」

「……何故？　どうやって？」

「貴女様を愛しているから、です──」

貴女様を主人公にした小説を全部読んだからです。などと本当のことを言っても、信じてもらえないどころか、本気で頭がおかしい奴と思われてしまうのが関の山なので、そうお答えすることしかできなかった。

「ふぅん……よく分からんが、神の啓示的なものか？」

「はい。そう思っていただいてもよろしいかと」

「今神は嫌いだと言っていたばかりじゃないか」

「はい。正確にはサク＝シャを評価はしていますが、信仰はしていない、ですが」

実際私はこの世界の作者であるサク＝シャを酷《ひど》く憎んでいる。ロザリンド様に不幸の限りを味わわせ、絶望させるために希望を見せ、そして最後は自殺させたクソのような作者を。もしも現実世界で目の前にいたのなら一切の躊躇《ちゅうちょ》無く殺しているほどに。

だが、こうして薄幸のロザリンド世界を創造したことは評価している。そして今私はその中に存在し、本来なら起こるべき悲劇を回避できる存在になれたというのなら、この作者、そして私をこの世界へ転移させた運命というものに対して謝意を感じているのは確かであった。

現に興味の無い小説の世界だったのなら、私はここまで行動しないし、現実世界で自爆した時のように生還を諦めることもなかったであろうから——

「ニシャ、今日はロザリンド様にこの髪飾りを」

そう言ってロザリンド様の御髪《おぐし》を結おうとするニシャに王都の一流店から取り寄せた、

アスフォデルスを模した宝石の髪飾りを渡した。

「はいマスター」

「……ラプター、気持ちは嬉《うれ》しいが。いつもこんないいものばかり貰《もら》っては、流石に気が引けてしまうよ。私は何も返せるものがないというのに……」

申し訳なさそうな顔をされるロザリンド様に、私はあえていつものように振る舞う。

「そのようなことはございませんロザリンド様。私はロザリンド様にお仕えできるだけで、これ以上ない褒美《ほうび》なのでございます。それに、こうして私が選んだ髪飾りをロザリンド様が身に着けてくださることこそが、このラプター、何物にも代え難い喜び、褒美なのでございますっ」

「だが……お前の懐事情だってあるだろう？　この屋敷の俸給《ほうきゅう》も、決して高いものではないはずだ」

それでも納得がいかないといったように、ロザリンド様は鏡台の鏡に映る私を見ながら、そうお続けになられた。

「ご安心くださいロザリンド様。実は、色々とありまして、私とニシャ、二人揃《そろ》って一生働かなくてもいいくらいには、貯《たくわ》えがございますゆえ」

私はロザリンド様やニシャへ対する愛と、ロザリンド様やニシャを害する者への殺意以外には特に感情を抱かない。ゆえに、金は金でしかなく、そこに綺麗《きれい》も汚いもないと思っている。

王都の二大ギャングのボスたちから盗んだ金品によって、私とニシャは今言ったとおり、一生遊んで暮らせるほどには財がある。たとえロザリンド様への貢ぎ物によって破産しかけたとて、なくなればまた盗みに入ればいい。

そうでなくとも、金を得る方法など他にいくらでもあるのだ。ロザリンド様への貢ぎ物へ使った金がギャングの資金だったとして、それが一体なんの問題があるというのか？むしろ、汚い金がロザリンド様によって浄化されていく。それが私の見解だった。

「お前なら本当にそれくらい持っていても不思議じゃないな」

「本当です。ですからお気になさらず。むしろ、マスターが気を利《き》かせて、ロザリンド様のついでに私の分も買ってくれるので、ロザリンド様は私のためにも、どんどん貢ぎ物を受け取ってください」

「ニシャ……ならありがたくいただくとするよ。どうだ？　似合うかい？」

髪を結い、髪飾りを付けたロザリンド様が鏡台から立ち上がってくるりと振り返られた。

美しい白髪に、横髪を頭頂部で三つ編みにした髪形に、アスフォデルスの髪飾りがよく映えている。

「大変お美しゅうございますロザリンド様っ！」

「ふふっ、ホント、お前はそればかりだな」

「あまりに美しいものを目《ま》の当たりにした人間は、それ以外に言葉が出ないのでございます！」

そうして今日もロザリンド様がご就寝なさるまでお世話をさせていただき、部屋へと戻り、二人揃って床へ就き、日を跨《また》いだ頃、深夜――

「…………」

剣呑《けんのん》な気配と足音を感じた私は、すぐさま寝巻きから使用人服に着替え、部屋を出て、ロザリンド様がおられる地下牢へ続く扉を背に立った。目の前からは、予想どおりワイアットがやってきた。

「……このような夜更《よふ》けに、ロザリンド様へなんのご用でございますか若様？」

言葉のとおり、目の前には見るからに泥酔《でいすい》している、目の焦点が合っていない、片手にかつてイザベラがメアリーを打擲《ちょうちゃく》したときに持っていた乗馬用の鞭《むち》を持ったワイアットが立っていた。

「なんだお前か？　どけ、邪魔だ。俺はあのドブネズミに用がある」

「若様、申し訳ありませんが、それはできません。ロザリンド様はご就寝中でございます。

若様も、大分お酒が回っているご様子……お身体《からだ》のためにも、このままお休みになることをお勧めいたします」

このままコイツを地下牢へと通せば間違いなくその鞭でロザリンド様を打擲するだろう。

だから絶対に通すわけにはいかない。

ビシッ——！

右頬を鞭で打たれ、激しい衝撃と痛みが伝わる。

「どけと言った——」

「無理とお答えしましたが？」

「どけと言っているっ‼」

今度は思い切り左頬を打たれた。痺《しび》れるような裂くような痛みが左頬に走る。

「若様、それは無理でございます。ですが、ロザリンド様へご用があるのでしたら、この私が代わりにお受けいたします——」

「ほう……お前、言ったな——？」

「はい」

ニッコリと笑顔を返すとワイアットは邪悪な笑みを浮かべて私を見た。

「いいだろう。気が変わった。お前は頑丈そうだからな。途中で音を上げてくれるなよ？」

「はい、若様」

そうして私は都合五十打ほど鞭による打擲を身体中に受けた。服が裂け、肌が切れ血が流れ、赤黒い青黒い痣《あざ》や蚯蚓《みみず》腫《ば》れが全身にできる。

「はぁ……はぁ……くそっ！　気持ちの悪い奴だっ‼　もういいっ‼」

いくら打とうが、血を流そうが、微塵も痛がる様子を見せず、どころか、笑顔を崩さない私にワイアットは息を切らせて、気味の悪いものでも見るかのように床へ鞭を投げ捨てて部屋へと戻って行った。

「……もう出て来ていいぞニシャ」

「……マスター」

部屋の扉の陰から打擲される私を見ながら、ずっとワイアットへの殺意を抑えてくれていたニシャの頭をクシャクシャと撫《な》でた。

「偉いぞニシャ。よく堪えたな」

「マスター……」

ニシャの強く握りこまれた両手には血が滲《にじ》んでおり、どれほど耐え難いものを堪えたのか、踏みとどまってくれていたかが見て取れる。

「血が出ているじゃないか。手当てをしないと——」

「私のこんな軽い傷のことなんかどうでもいいですっ！　それよりもマスターの手当てが先ですっ‼」

「大丈夫だ。これくらいならなんともない。蚊に刺された程度だ」

「でっ、ですけど……っ！」

「ニシャ、覚えておくんだ。私がこうしなければ、代わりにロザリンド様が同じ目に遭わされていた。そっちのほうがよかったと思うか？　私はこのとおり身体を鍛えてあるし、痛みには耐性がある。お前も分かるだろう？　見た目は酷いが実際は大した傷じゃない。神経も腱《けん》も骨も内臓も無傷だ。命に関わるようなものでも、生活に支障がでるようなものでもない。常に生死で物事を計る私にとっては紛れもない軽症だ。だがロザリンド様はどうだ？　あのお身体で、これほどの鞭打《むちう》ちに耐えられると思うか？」

「そっ……それは……確かに……」

「私はその身代わりとなることができた。それだけで十分だ。ロザリンド様だけじゃない。ニシャが同じ目に遭うのなら、そのときも私が身代わりになる。この言葉、嘘《うそ》じゃないと分かるな？」

「はい。マスター……」

ニシャは私の目を真っ直《ます》ぐに見、嬉しくも悔しい痛々しい、ワイアットへの殺意、それら複雑な感情が入り混じった瞳でそう返事をした。

「実際、強がりでもなく、この程度なら何も苦ではない。ただ、この血を流すためにもう一度水浴びをしてこねばならないのが面倒なくらいだ。あとは……明日、ロザリンド様にご奉仕するとき、どうやってこの顔の傷を隠すか、だな――」

「マスター……教わったとおり、絶対にばれないようにしますから。事故に見せかけますから、ワイアットの奴を殺してもいいですか……？」

静かに激怒しながら、純粋な殺意をその身に纏《まと》い、ニシャが呟《つぶや》いた。

「ダメだ。物事には順序がある。もしワイアットを殺すにしてもまだ早い。分かったな？」

物語の展開を知っている私としてはエドワードが流行病《はやりやまい》で死に、その後をワイアットが継ぐ。そしてワイアットは私たちを解雇するだろう。その時が狙い目だと思っている。

ワイアットとイザベラ、イライジャを角が立たぬよう排除して、ロザリンド様を正式なベルクラント当主の座に就かせる。今はそのための準備期間中なのだ。

「はいマスター……マスターがそう言うのなら――」

「辛《つら》い思いをさせてスマンな……ニシャ」

「辛いのは私じゃなくマスターじゃないですかっ……！」

頭を撫でると、ニシャは悔しそうに俯《うつむ》いてしまった。

「大丈夫だニシャ。今言ったとおり、この程度なら苦にすらならない。自慢するワケではないが、私はこれよりもっと辛く苦しい思いを経験してきた。それに比べれば、この程度お遊びみたいなものだ」

「でもっ……」

「ありがとうニシャ。その私を想《おも》ってくれる心、とても嬉しいよ」

そうしてニシャを宥《なだ》め、もう一度水浴びをして血を流した私はベッドに戻った——

十一　本音、交わして――

翌日・早朝――

「ふむ……やはりダメか……」

就寝前に自分の回復力に賭けてみたが、やはりダメだったようで、昨晩鞭《むち》で打たれた顔の部位は治るどころか、より大きく腫れ上がっていた。

「さて……どう隠すか……」

私が荷物の中から化粧箱を取り出して鏡台の前に座ると、同じく目覚めていたニシャが私の後ろに立って、物申したげな顔をしていた。

「どうしたニシャ？」

「マスター……昨晩も言いましたが、化粧で隠すよりも、適当な言い訳を考えて傷薬を塗ったほうがいいのでは……？」

ニシャの提案に首を横に振る。

「それはダメだ。この傷を見れば、お聡《さと》いロザリンド様は、すぐに私が自分の代わりに打擲されたとお気付きになる。そしてご自身を責められるだろう。それでは元も子もない」

「ですがっ……！」

「ニシャ。私のロザリンド様へ抱く気持ちは奉仕、滅私だ。いや……正確に言えば奉仕でも滅私でもないか……私の私心、我欲として、ロザリンド様に傷付いて欲しくない、幸せになっていただきたい。という手前勝手な気持ちを押し付けているだけだからな……だが、だからこそ、こんな顔でロザリンド様の面前に立てば、ロザリンド様は全てをお察しになってしまう。あたかも、私が貴女様《あなたさま》のために身代わりとなりました。どうぞ褒めてください。と、いったように、な——」

白粉《おしろい》を取り出しながら鏡越しにニシャを見た。

「ニシャ？　お前はそんな恥ずべき、幼稚な主人《マスター》の姿を見たいか？」

「……いいえ——」

「ならばよし。白粉とその他の化粧品でなんとか誤魔化すぞ——」

現実世界なら傷を隠すどころか、他人に面相を変えられるほどに発達した特殊メイク技術があったが、この世界ではそうはいかない。できないこともないが、それには特殊な材料と準備が必要で、一朝一夕《いっちょういっせき》でできるものではない。

ゆえに私はニシャに隠せているか確認をとりながら、なんとか白粉とその他の化粧品で顔の腫れを隠すように化粧を施し、余程近くで見ない限りは傷が隠れるようにできたところで、ロザリンド様のご朝食をお作りし、地下牢《ろう》へと向かった。

その間、厨房《ちゅうぼう》で料理をしている時に会話した仲の良い料理係たちや、ここへ来る間に会話をした女中や使用人たちにも、この傷は気付かれなかったから大丈夫だとは思いながら——

「おはようございますロザリンド様。今日も大変お美しゅうございますね」

「ん……？」

いつものように椅子へ座って読書をなされていたロザリンド様は、私の顔を見るなり訝《いぶか》しげな表情をお浮かべになられた。

「こちらが本日のご朝食です。オムレツ、鶏モモを使った玉ネギと根菜のスープ、パン、そして堆肥を使わず育てられた、新鮮で清潔な野菜を軽く湯通ししたサラダとなっております」

「…………ラプター、ちょっとこっちへ着て跪《ひざまず》いて顔を上げろ」

ロザリンド様は私が地下牢に入ってきた瞬間から、私の顔をジッとお見つめになり、料理を見ることも、説明もまったく聞いておられないご様子で、そうおっしゃった。

「……はい」

言われるがまま、私はロザリンド様の前まで歩を進め、跪いてロザリンド様を見る。

「…………」

ロザリンド様は無言のままじっと私をお見つめになった後、おしぼりで私の顔を優しく拭われた。

「……これはなんだラプター？」

化粧がとれ、蚯蚓《みみず》腫《ば》れや赤や青黒くなった傷跡《きずあと》が姿を現したのだろう、それを目にされたロザリンド様は静かに、お怒りになられているような声色で問われた。

「は、実は昨晩階段から転び落ちまして……」

「ウソをつくなっ‼」

お仕えしてから初めてロザリンド様が感情的な大声をお上げになった。

「っ……ロザリンド様――」

「分かっている……これは……この傷は……兄上や母上がよく使う鞭の傷だ……身に覚えがあるからすぐに分かる……っ」

「……はい。そのとおりです……実は、昨日若様の前で粗相をしてしまいまして……」

「またウソをついたな――」

やはり隠し通すのは無理と判断し、適当な言い訳を考えたが、それすらもロザリンド様は見破られた。

「ニシャ、薬箱を持ってきてくれ」

「はい」

ニシャは走って部屋へと戻って行った。

「……昨日……夜に、すごい嫌な感じがして目が覚めたんだ。きっと、兄上が来るって直感したよ。だけど、嫌な感じは留まって、そのままこちらに来ることなく、去って行った……勘違いだと思っていたが……お前が身代わりになってくれたんだな――」

「………………」

ロザリンド様はポロポロと涙をこぼされながら、私の頰を優しく拭ってくださっている。

「ロザリンド様っ……私などのためにお涙を流されるなど、もったいなくございますっ」

「私の涙の価値をお前が決めるな――っ！」

出会って初めて、ロザリンド様が感情的に声を荒らげられた。

「っ……失礼いたしました――っ」

私は何も答えずに黙っていた。その間も、ロザリンド様は珠《たま》のような涙を流されながら、私の顔を拭ってくださった。

「どうして……どうしてお前はここまで尽くしてくれる……？」

昨日もそうお尋ねになられたが、今日の、今のお言葉は、本音で、本心から発されているると感じた。私の本音が、心底《しんてい》が見たいという言葉だと――

「ロザリンド様を、愛しているからでございます――」

だから私は本気で、真正面にあるロザリンド様のお美しいお顔、その真紅の双眸《そうぼう》を真《ま》っ直《す》ぐに見つめ返して、はっきりお答えした。

「っ………！」

私の答えに、ロザリンド様は息を呑んで、その白いお顔が首まで真っ赤になられた。

「ほっ、本気で言っているのか？」

「はい」

「～～～っ！　もういいっ手当てをするぞっ！」

真剣な私に目を合わせられないといったように、戻ってきたニシャを見たロザリンド様はそう言ってこの話を打ち切られた。

「体はやってあります」

「やはり全身やられていたのか……」

「はい。それはもう。本気でワイアットを殺してやろうかと思ったくらいには」

「すまないねニシャ……私のせいでキミにも迷惑をかけた……」

「いえ、私は……」

「キミの大切な人を傷つけさせてしまった」

なにもされていません、と続けようとしたニシャは、そのロザリンド様のお言葉に、顔には出さないまでも胸打たれたように少しだけ目を見開いた。

「……いいえ、お嬢様。マスターは好きで身代わりになったんで、そのようなことを言わないでください。むしろ、よくやった。と、上から目線で褒めてやってください。そのほうがマスターも喜びます」

「そうか……そうだな……よくやったラプター。お前は誇らしい押しかけ従者だ。その褒美に、私が手ずから傷の手当てをしてやろう。先に言っておくが、お前に拒否権は無いぞ」

「はっ！　ありがたき幸せでございます！　慈悲深きロザリンド様っ！」

そうしてロザリンド様は手ずから私の顔に軟膏《なんこう》を塗り、創傷紙《そうしょうし》を貼ってくださった。

「ロザリンド様が手ずから貼ってくださるとは……このラプターこの創傷紙、二度と外しません！」

「いやいや、気持ちは嬉《うれ》しいけれど、風呂に入るときはちゃんと外すんだよ？　その傷が治るまで何度でも貼ってあげるから、心得ておくんだ」

「はっ！　ありがとうございますロザリンド様っ！」

――――

そして怪我《けが》の手当てを終え、朝食、昼食、夕食と摂《と》り終え、いつものようにニシャに手伝ってもらいながら湯浴みを終え、二人が去って行ったあと、ロザリンドはベッドの上で一人、物思いに耽《ふけ》っていた。

「ラプター……ニシャ……」

心に浮かぶ思いはただ一つ。あの二人を信じてもいいのか？　それだけだった。

物心付く前から前々世話役であったオリビアの愛情を受けて育ったロザリンドは、人を疑うということはなかった。

父エドワードや母イザベラ、兄ワイアットが不機嫌なときに自分に暴力を振るうためこの地下牢へやってくる時ですら、これも必要なことなのだと受け入れていた。皮肉なことに、自分はその時にしか、実の家族を見たことがなかった。

自分にとって家族とは、暴力を振るい罵倒してくるだけの存在、特に母イザベラなどは

二、三度ほどしか顔を見たことがなく、兄も父も顔をはっきりと思い出せない。だから、オリビアこそが本当の母、家族のように感じていた。だからこそ、オリビアが死んだと聞かされたときは、一月《ひとつき》の間水しか喉を通らないほど辛《つら》かった。
そして後任となったメアリーによって、私は人間の汚さ、信用、信頼することへの危うさ、人を信じてはならないということを学んだ。

だが――

「ラプター……」

初めて奴《やつ》と会ったとき、最初に感じたのは怖ろしさだった。

元々オリビア、エドワード、イザベラ、ワイアット、イライジャ、メアリーと、六人程度しか人間を知らない自分でも、一目見た瞬間、こいつは常人ではないと感じ、鳥肌が立った。

顔が整っているからではない。その纏《まと》う雰囲気が、明らかに異質だったのだ。

だが、次に感じたのは、オリビアと同じような優しさ、母性、父性とも呼べるような優しいものだった。ニシャもなんだか、実の姉のような親近感を感じている。

自分は本当にあの二人を信じてもいいのか？　裏切られないか？　あの二人は、私の信用を得て、何かに利用しようとしているのではないのか？　だがそもそも自分には、そんな利用価値はありもしないのだ。と、思考の堂々巡りを繰り返した。

だが、必ず最後に残るのは、ラプターが自分を抱きしめて「生まれてきてくれてありがとう」と言ってくれたこと。そして、自分の代わりに、あの一打でも気を失いかけるほどの激痛が走る鞭打ちを受け、あまつさえそれを隠そうとしたこと。

「それに……」

【ロザリンド様を愛しているからでございます――】

その言葉が、下心やウソでもない真心、本心だと分かった。アイツはおかしい。私のことを、父上や母上、兄上やイライジャしか知らないことを知っているし、それを天啓《てんけい》なんて誤魔化しているし、とにかく胡散臭《うさんくさ》い。

だが――

【ロザリンド様を愛しているからでございます――】

その言葉が頭から離れない。私はオリビア以外に愛されたことがない。ラプターは……あの男は本当に私を愛してくれているのか？　何故《なぜ》こんな私を？　こんな私のどこに？

「信じても……いいのかな……？」

オリビアのように、あの二人に、心を許してもいいのだろうか？　裏切られないだろうか？　恐れは希望の後ろからついてくるという。結局、信じたところで、兄上の反感を買ってしまったラプターたちは近い内に屋敷を追い出されてしまうことになるかもしれない。

そうすれば二度と会うことはできなくなる。それはこの牢から出られない私にとって、死別と変わらない。それが怖くて、どうしても、信じきれない、いや、信じたくないと思ってしまう。それはつまり、心ではもう信じていることなのだと思いながら――

ロザリンドはそう考えながら、気づけば眠りについていた――

十二　順調な工作

ロザリンドは今日も普段より早く起きてしまった自分がなんだか悔しかった。ラプターたちが新しい世話役となってからというもの、ロザリンドは今までよりも早く目が覚めてしまうようになった。

まるでラプターたちを心待ちにしているかのように。

そして時間はまだかまだかと、無意識に壁掛け時計を見ながら時間が来て、ここへ繋《つな》がる扉の開く音がすると本を手に取って、ラプターたちを待っていたなんて気持ちを隠して悟られないよう、読書をしているフリをするのだ。

「おはようございますロザリンド様。今日も大変お美しゅうございますね。全世界の美を集めてもロザリンド様の一垓分《いちがいぶん》の一にも及ばないでしょう」

そう言って料理の入った盆を持ってニシャとともにやってきたラプターの顔をロザリンドはじっと見た。

切れ長で涼しげな睫毛《まつげ》の長い、色気のある金色の瞳。中高のくっきりとした形の良い鼻、薄く広い唇、聞く者の心を落ち着かせる中低音の声、金髪のミディアムカット、身長は自分より頭何個分も高く、百九十近くはあるだろう。

体格は細身の筋肉質で、本で見る虎やクーガーのような猫科の猛獣のようなしなやかさを思わせ、自分は人間を十人も知らないが、それでも美男子、完璧な、と形容してもおかしくない容姿をしている。と、ロザリンドは思った。

そしてその言葉や、自分やニシャを見る瞳も、オリビアを思い出させるほどに優しいと。

「？　ロザリンド様、いかがなされました？　私の顔に何か？」

「……別に？　ただ昨日に比べ顔の傷が大分治ったと思ってね」

「はい。ロザリンド様に手ずから治療していただきましたので、きっと免疫力や身体《からだ》中の細胞が最大限に活性化しているのでしょう」

「さいぼう？　めんえき？　なんだいそれは？」

「神の世界の言葉でございます。細胞は体を構成する物質、免疫は体が持つ傷を治したり病気や毒に対抗する力のことを意味します」

「お前は本当にワケの分からないことを言うね」

「ふふっ。そうですね」

そうして今日もラプターお手製の朝食がテーブルの上に並べられた。目玉焼きにカリカリに焼かれたベーコンとサラダ、両面トーストされたパンにコーンポタージュだ。

「卵は屋敷でとれた新鮮なものを使っておりますので、あえて半熟に焼きました。お好みの量の塩と胡椒《こしょう》をかけた黄身に、パンをつけて食べてみてくださいませ」

「半熟の黄身を……？　まぁ、お前がそう言うのならやってみよう」

ロザリンドはラプターに言われたとおり塩と胡椒を目玉焼きに振りかけ、黄身をパンで潰して和《あ》えるようにして口に運び咀嚼《そしゃく》すると、パンに浸した半熟の黄身の濃厚さが塩によって引き立たされ、その黄身の生臭さをかき消すように胡椒が香る。あまりの美味《おい》しさにロザリンドはラプターを見た。

「うん……美味しいっ。美味しいよっ」

「光栄でございますロザリンド様」

頭を下げるラプターを尻目にロザリンドは次にコーンポタージュに口をつけた。

瞬間、コーンの香りが鼻から抜け、その甘みと旨《うま》み、そして絶妙な塩加減からなる美味しさに目を見開いた。

「美味しい……」

「ポタージュもパンに浸して食べることをおすすめします」

言われたとおり、ロザリンドがコーンポタージュにパンを浸して食べてみると、病み付きになりそうなほど美味しく、またロザリンドは感嘆《かんたん》の声を漏らした。

ラプターとニシャもまた、ハムハムと小さな口で料理を美味しそうに頬張るロザリンドの愛らしさが胸の中にあふれていた。

「美味しい……すごいね……」

ラプターの作る料理は本当に美味しい。一度だけオリビアに父上たちが食べているものと同じものを食べさせてもらったことがあるが、あのときはこんな美味しいものがこの世にあるのかと感動したほどだったが、こうしてラプターの料理を食べたら、あのときの感動や味など比較にならないほど美味しい。とロザリンドは思った。

それでいて好みが似ているのか、どこかで情報を仕入れたのか、どの料理も自分好みの味付けで、それでいて嫌いな食べ物は一切使われていない。そんなところも嬉《うれ》しく感じていた。

「……お前は、私のこと以外は本当に完璧だな――」

客観的な事実として、ラプターは容姿、声、所作、礼儀作法、気遣い、料理の腕、どれをとっても非の打ちどころのない人間だとロザリンドは思った。

「お褒めいただきありがとうございますロザリンド様」

恭《うやうや》しく礼をするラプター。孤児出身だと本人は言っていたが、貴族出身だと言われてもまったく不自然ではないほど、むしろそのほうが納得できるほど、その所作一つ一つが優雅で、気品がある。

「よかったですねマスター」

その横で主人とは打って変わって、自分への敬意など全くもっていない、まるで自分のことを手のかかる妹と話すような気軽さ、それも決して不快ではない、むしろ心地よい気安さで接してくれるのがニシャだった。

「ああ、今日はとてもいい日だ。ロザリンド様は言わずもがなだが、世界まで輝いて見えるようだよ」

「んっ——？」

そうしていると、階段の上から嫌な感じがしたので、ロザリンドは思わず一瞬だけ体が硬直してしまった。ラプターとニシャも気配に気づいたようで、階段を下りてくる誰かに向かって視線を向けた。

「ニシャ、誰か当ててみろ」

「嫌悪からくる踏み出しの悪さに足音の重さ……イライジャですね」

「正解だ」

二人とも何を言ってるんだ？　まだ誰が下りてきたかその姿も見えていないのに……と、ロザリンドが思っていると、ニシャとラプターが言ったとおりイライジャが下りてきた。珍しい。イライジャがここへ来たことなど数回しかない。きっと父上か母上の命令でここへ来たのだとロザリンドは理解した。

「ああ、やはりこちらにいましたかラプター。奥方様が一緒にお茶でもとお呼びです。ニシャとともに、すぐに中庭のガゼボへお越しください」

母上がラプターに用？　きっと母上のことだ、顔の良いラプターを気に入ったのだろう
……そう思ってラプターを見た瞬間、ロザリンドは全身に鳥肌が立った――

そのイライジャを見るラプターの瞳が、まるで下等生物でも見ているかのように、いや、生き物と認識しているだけで、そこに人も動物も虫も違いはないといったような、冷たい、普段自分やニシャに向けられている優しい瞳とは対極のものだったからだ。

「ニシャもですか？　かしこまりました。すぐに中庭のガゼボへと参ります」

「はい。最長でも五分以内にお願いします。奥方様は今もお待ちでいらっしゃいますから」

そう言ってイライジャはモノクルを直しながら一秒でもここにいたくないといったように戻って行った。

「……驚いたね」

思わずそう声に出してしまうほどに、ロザリンドは驚愕《きょうがく》していた。

「？　どうなされましたロザリンド様？」

自分を見たラプターの瞳は、いつものように、先ほどまでイライジャに向けられていたものとは全く違う、優しい、子を見る親のような瞳にロザリンドは安堵《あんど》感を覚えながら続けた。

「お前は……あんな目で人を見るのかい？　それとも、イライジャだけ特別嫌いなのかい？」

「？　と……おっしゃいますと？」

「……気づいていないのかい？」

心底ロザリンドが何を言っているのか分からないといったような反応のラプターに代わってニシャが答えた。

「自分で言うのもなんですが、私とお嬢様だけが特別なんですよ。イライジャとか関係なく、マスターは基本他人には全員あんな感じです」

「どういうことだニシャ？」

ニシャの言葉にラプターが不思議そうな表情を浮かべる。

「マスターは私とお嬢様以外、人間をなんとも思ってないって話ですよ」

「ああ、そういうことか」

「そのとおりでございますロザリンド様。初めてお逢《あ》いしたときにも申しましたが、私がこの世界で幸せになって欲しい人間は二人だけ。ロザリンド様、貴女様《あなたさま》と、このニシャ、二人だけなのです。後は全て有象無象にすぎません」

「それはそうだが……あらためて目《ま》の当たりにすると驚くね……」

「私は元々、世界というものに何も感じずに生きてきました。世界の全ては私にとって灰色で、いくら他人から評価され賞賛されても空虚《くうきょ》でなんの達成感もない、底が無い器のような、死なないから生きているだけの、何も感じないような人間でした」

そしてラプターは一呼吸置いてロザリンドを見た。いつもの、どこまでも優しい瞳で
――

「ですが、そんな私に、感情を、喜びを、悲しみや痛みを教えてくれた存在……それがロザリンド様、貴女様であり、このニシャであるのです――」

「だから……いつ私がお前にそんな感情を抱かせるようなことをした？　出会った時からお前はこうだったじゃないか」

「さて……いつからでしょうね？　言ってしまえば、私はロザリンド様と初めて出会った

瞬間から、貴女様に惹《ひ》かれ、そして、気付けば、貴女様を愛していたのです」

その言葉が真実と分かるからこそ、ロザリンドも自身の頬が赤くなるのを感じ、恥ずか

しくなった。

「なっ、なんだそれはっ……お前は本当にワケが分からないなっ」

「はいロザリンド様。おっしゃるとおりでございます。できればこうして、ロザリンド様

とお話ししていたくございますが、残念ながら、邪魔者が妨害工作を行って参りました。

名残惜しくはありますが、イザベラを怒らせれば、この屋敷を追い出されてしまうかもし

れませんゆえ、ここで一旦失礼させていただきます。行くぞニシャ」

「はいマスター」

そうしてラプターはいつものようにはぐらかすような笑みを浮かべ、頭を下げて地下牢《ろう》

を出て行った。

「まったく……本当にワケの分からないヤツだ……けど――」

イヤじゃない。そう思いながら、ロザリンドは頭を使い過ぎた疲れと、食後の満腹感か

ら心地よい眠気を覚え、気付けばテーブルの上に突っ伏して瞳を閉じていた。

――

「ニシャ、イザベラはいったい何の用で私を呼んだと思う？」

私は地下牢の長い階段を上りながらニシャを試すように口を開いた。

「さぁ……？　ロザリンド様の現状について聞きたいから、ですかね？」

「違う。的外れにも程がある。ニシャ……お前の洞察力はそんなものか？」

私が歩みを止めて振り返り、後ろのニシャを見ると、ニシャは本気でこの問いに正しい答えを言わねば、理解せねば自分への評価が下がる。と、真面目な顔になって考え口を開いた。

「この一族は好色です。エドワードも、ワイアットも、そしてイザベラも……つまり、イザベラは、ロザリンド様は関係なく、顔のいいマスターを茶会へお呼びになった。マスターを……新しい情夫にさせるため……ですか？」

ニシャの答えに私は頷《うなず》いた。

「そのとおりだ。イザベラは単に私の容姿目当てに今日の茶会へと呼んだのだろう。イライジャが来たのが何よりの証拠だ。お前を一緒に呼んだのは、自分の優位性をお前に示すために他ならないからだろう。ああいった女は誰かの物を欲しがるし、奪って見せつけ、自慢したくなる性分がある。だが、私は必要がなければイザベラの情夫になるつもりもないし、お前をエドワードやワイアットの情婦にさせるつもりもない」

「はいマスター！」

「だからお前は、私が今からイザベラに何をされようと、ワイアットに打擲《ちょうちゃく》されたときのように、感情をおもてには出さず黙って見ていろ。分かったな？」

「っ……はいっマスター……っ」

「それと、マーガレットを今夜部屋に来るよう伝えておいたか？」

「はいマスター。ルイスとワイアットが屋敷を離れた後に、誰にも見られずに伝えておきました」

マーガレットとはワイアットが一番可愛《かわい》がっている愛妾《あいしょう》であり、現在私が懐柔中の女中だった。私のロザリンド様を地下牢からお救いする計画のためにはマーガレットの協力が必要であり、諜報員《ちょうほういん》としての手練手管を用いて私の駒となってもらうよう密会を重ねていた。

「マーガレットの反応はどうだった？」

「完全にマスターにオチてますね。女の顔をしていましたよ。ワイアットのことは愛想《あいそ》が尽きたようで、歯牙《しが》にもかけていない、むしろ嫌悪さえしている様子でした」

「それは重畳だ」

「それに、女中や使用人たちの人心掌握・友好関係の構築も順調に進んでいます」

「うむ、そうだな。これで多少のことには目を瞑《つぶ》ってもらえるし、イザという時には味方となる」

「アンガスからイライジャの補佐としてマスターを執事に昇進させる提案もでたようですが、エドワードが断固拒否し、殴打されたとのことです」

「それでいい。きっとアンガスは純粋な好意で推薦してくれたのだろうが、ありがた迷惑だ。私はロザリンド様のお世話役以外になるつもりはないからな――」

そうして私とニシャはベルクラント侯爵夫人であるイザベラが待つ中庭のガゼボへと足を進めた。ガゼボには既に席に着いていたイザベラ夫人、そしてその後ろにイライジャ、そして給仕である女中数名と護衛兵の姿があった。

「奥方様、ラプター・ラルフ、只今《ただいま》参上致しました。お待たせしてしまい、申し訳ありません」

「いいのよ、ラプター。なんとなく、アナタとお茶がしたいと急に呼びかけたのだからね。ほら、掛けなさい。ニシャ、アナタは立っていなさい」

「はい奥方様」

「かしこまりました」

そうして私はロザリンド様の実母であるイザベラの対面に座り、ニシャは私の後ろへと立った。

「ところで、その顔はどうしたの？　折角のキレイな顔がもったいないわ」

イザベラは創傷紙の貼られた私の顔を見て、残念そうな表情を浮かべた。

「はっ、実は先日、若様の不興を買ってしまい……」

「なるほどね……あの子も困ったものだわ。誰に似たのかしら、別に鞭打《むちう》つのは構わないのだけど、アナタやルイスのような美男子には、しないように言ってはいるのだけどね」

ふふ、と笑うイザベラへあきらかにお前たちの血だろう。という言葉を飲み込み曖昧に頷いた。

「話が逸《そ》れたわね……それで、この屋敷へ来てからどう、ラプター？」

「はい。日々、つつがなく働かせていただいております」

「そう……アナタがこの屋敷へ来てからの、感想を教えてくれるかしら？」

「はい。私には分不相応なほど素晴らしいお屋敷だと思っております」

もちろんこれは「ロザリンド様へご奉仕できているから」という大前提がある上での感想だ。

「そう……アナタなら、もっと上の、イライジャの後任になるくらいの能力があると思うのだけれど――」

「奥方様、そのお言葉は大変嬉しく思いますが、私はイライジャ様の足元にも及ばないような矮小《わいしょう》な存在でございます。ですが、お優しく、お美しい奥方様にそう評価していただけるのは、このラプター光栄の至りでございます」

「ふふっ、口が上手《うま》いのねラプター。けれど話は聞いているわよ？　使用人たちから随分と慕われているようね？　ここに仕える者は密告好きが多いのだけれど、驚くことにアナタのことを悪く言う者は誰もいないわ。それに、執事に昇進させるよう話がでているのも本当よ」

「ありがとうございます奥方様。全ては諸先輩方のお優しさゆえでございます。私はただ、与えられたお仕事を全うしているに過ぎません」

「いいわラプター……そうして驕《おご》らないところも素敵よ」

「恐れ多くございます。奥方様のそのお優しさに、このラプター、感動に目が潤んでしまいそうです……」

本当に目を潤ませながら上目使いにイザベラを見ると、イザベラは保護欲や嗜虐心《しぎゃくしん》がそそられたような表情を浮かべた。

「いいわラプター……そう、とってもいいわ――」

そうしてイザベラとの会話を続ける。ときにはジョークを交え、イザベラの気を良くさせるために、世辞を言い持ち上げ、そしてイザベラの気分が最高潮に達したと見極めたとき、私は一つの分岐点、選択肢、後にこいつを殺すべきか殺さないべきか、それほど深い意味を込めて、口を開いた。

「奥方様……僭越《せんえつ》ながら、一つお聞きしてもよろしいでしょうか？」

「何かしら？　なんでも答えてあげるわ」

すっかり気をよくしたイザベラは笑顔でそう答えた。

「奥方様は、ロザリンド様のことを、どう思われていらっしゃるのでしょうか？」

「あら……」

私の問いに、イザベラの喜色に染まっていた表情が、スッと冷め、口に微笑を浮かべながらも冷たい細められた瞳で私を見──

「あらあらダメよ、ラプター。せっかくのお茶が」

そうしてティーカップを持ったイザベラはその中身を私の顔面へとぶちまけ──

「不味《まず》くなるでしょ？」

笑顔を浮かべた。

「失礼致しました奥方様──」

私はすぐに席を立って跪《ひざまず》いて謝罪をした。

紅茶は香りを立たせるために百度の煮えたぎる熱湯が使われる。これが淹《い》れたての紅茶であったら、下手をすればケロイドになるほどの大火傷《おおやけど》を負うところであった。が、今日は天気はよく暖かい日であるとはいえ、あくまで冬にしては。であり、さらには私との会話に夢中だったイザベラの紅茶は少し熱い程度の温度まで下がっており、顔を赤く染まらせるに留まった。

「アレを産んだせいで、私がどれだけエドワードや両方の両親から怒られたと思ってるの？　思い出したくもないの。折角忘れていたのに、まったく、困った子ね。アナタは顔がいいから許してあげるけど、次にアレの話題を出したら、兄妹揃《そろ》ってメアリーと同じ目に遭うことになるわよ？」

「はい奥方様。肝に銘じます」

「まぁ……でも、私を不快にさせたのだから、罰は与えないとね。顔を上げて、こちらに来なさいラプター」

「はい奥方様」

そうしてイザベラはヒールの片方を脱ぎ捨て真っ赤なペディキュアが塗られた右足を私の眼前に突き出した。

「跪いて私の足を舐《な》めなさい」

「かしこまりました奥方様。失礼します」

私は一切の躊躇《ちゅうちょ》なく跪き、その足を優しく丁重に手にとって舌を這《は》わせた。

「ああっ……いいわ……っ！　上手ねラプターっ」

「ありがとうございます奥方様」

「イライジャ、ジョージへ今晩私の部屋へ来るように伝えなさい」

「かしこまりました奥方様」

ジョージとはこの屋敷の使用人の一人で、イザベラのお気に入りの情夫の一人だ。そうして私はイザベラが満足するまでその足を舐め解放され、女中や使用人たちから同情の眼《ま》差《な》しを受けながら屋敷内へ戻った。

ロザリンド様のお世話に戻るために、汚れた顔と口を洗っていると――

「マスター……」

成り行きを約束どおり黙って見ていたニシャが口を開いた。

「ニシャ、大丈夫だ。この程度我慢するだけでロザリンド様のおそばにいられるのなら、安いものだ」

「はい……っ」

「私はお前の価値観、意志を尊重する。だから、私の持つ価値観、これをお前に言っておく。私は目的のためなら手段を選ばない。それがたとえどのような汚い方法であっても、だ。それが私だ。それに、聞いただろう？　あれが実の娘に対する母親の言葉か？」

ニシャはイザベラの言葉を思い返したのか、眉間にシワを寄せた。

「……私は孤児でしたから、今まで、たとえどんな人間であれ、両親がいる人間を羨んできました……けど……」

「あんな両親や家族なら、いないほうがマシ……か？」

「……はい。流石《さすが》にロザリンドが可哀相《かわいそう》です……スラムの過酷さとはまた違った、精神的な苦痛というんでしょうか……ロザリンドは私とは違った種類の、同じくらい辛《つら》い苦痛を味わって生きているんだと、改めて思いました……」

「ああ、だからこそ、私はロザリンド様を、そしてお前を、幸せにしたいんだ――」

「はい……っ！」

「イザベラとの悶着《もんちゃく》はロザリンド様には秘密だぞ？　分かっているな？」

「はいっ！」

そうして私とニシャはロザリンド様の下へと向かった。

「すー……すー……」

地下牢へ戻ると、ロザリンド様は机の上でうつ伏せになって、顔を横にしてお眠りになられていた。

「ありゃ、すっかり寝ちゃってますよマスター」

「ああ……いつ見ても……なんて愛らしいんだ……」

ロザリンド様の寝顔は純粋無垢《むく》でまさに天使のようで、そのお可愛らしさに私は「常に平静であれ」という教えが守れないほどに毎回心が乱れる。

「はー……普段は憎まれ口ばかりですけど、こうなれば可愛いものですね」

ニシャが足音を殺しながらロザリンド様に近づき、その無防備な頰を人差し指でプニプニ突いた。

「ん～むぅ～」

「おお～柔らか～」

それでもロザリンド様はお目覚めにはならず、ニシャの指に対して、少しだけ眉をしかめる程度に反応するのみだった。

「おお、これでも起きないか……なら……ほれほれ……」

「ん……？　んん～？　あむっ」

ニシャがロザリンド様の口元に人差し指を持っていってその唇を突くと、ロザリンド様はニシャの指をお咥《くわ》えになった。

「おおっ、咥えたっ！　吸ってますよマスター……っ！」

「なっ、何をしているんだニシャっ……！　お前の思うとおりに接してくれと言ったが、それは、はっ、どっ、度を越えているゾッ！　主に私にっ‼」

ニシャの指をひな鳥のように咥え、ちゅーちゅーと優しく吸っているロザリンド様の愛くるしさに、私は気絶しそうな程だった。

「マスター……どんだけロザリンド様が好きなんすか……？」

「世界一だっ‼」

「驚くくらいの即答っすね……」

私の答えにニシャは引いていた。

「……ん？　んんう？　んん……？　んん？」

「「あ」」

私たちの騒ぎでゆっくりまぶたをお開きになり、お目覚めになったロザリンド様は、自分が咥えているニシャの指と、私の顔を見て一日間を置き状況を理解すると――

「～～～～ッ‼」

ゆっくりとニシャの指から口を離し、顔を上げ、白い淡雪のような美しい肌を首まで真っ赤に染め上げて、怒りやら恥ずかしさやらのために、声にならない声をあげ、お体をぷるぷると震わせ、そして私を見て一喝なされた。

「ラプター‼　そこに座れっ‼」

「はいっ‼」

ロザリンド様が指差す方向へ滑り込むように即座に正座する。

「……見損なったよラプター。お前は寝ている主人を辱《はずか》しめて喜ぶような男だったんだね」

正座する私に腕を組んでお顔を羞恥《しゅうち》で真っ赤に染め、プリプリとお怒りになるロザリンド様であったが、その姿すらとても愛らしい。

「申し訳ございませんロザリンド様……。ですが……お眠りになっていたロザリンド様が、私の鉄の忠誠心をも凌駕《りょうが》するほど、とてもお可愛らしく……愛らしかったのでございます……」

「む～～～～～～‼」

ロザリンド様はお顔をさらに真っ赤にされて私をポカポカと叩《たた》かれた。

「ごめんなさいってお嬢様。私が勝手にやったんで、そうマスターを責めないでやってくださいよ」

「むぅ……」

「お詫《わ》びに、マスターが夕食のデザートにお嬢様の大好物のプリンを作りますから」

「……本当か？」

視線を向けられたロザリンド様にお答えする。

「はっ‼　生クリーム付きでお作りいたしますっ！」

「……まぁ……なら、許してやらないこともない……」

「はっ！　ありがとうございます！　寛大なロザリンド様っ‼」

恥ずかしさに頰を真っ赤にされたロザリンド様は、不承不承頷かれるのであった。

十三　ルイスの懸念《けねん》

「マーガレット、約束だよ、私が頼んだら、手筈《てはず》どおりワイアットの書斎から例のモノを持って来ておくれ？」

ラプターがマーガレットの頬と頭を優しくなでて、甘い声をかけるとマーガレットは潤む瞳でラプターを見返した。

「はい、勿論《もちろん》ですラプター様……」

「いい子だマーガレット……くれぐれも気取《けど》られないようにね。特にルイスは勘が鋭いから」

「はいラプター様……」

そしてラプターから頭を撫《な》でられ、優しく頬へ口付けされたマーガレットは脳が痺《しび》れるような、天にも昇る気持ちで仕事へと戻った――

「それでは若様……今夜はいかがいたしますか？」

　ワイアットの専属女中であり愛妾《あいしょう》であるマーガレットは夜、業務を終えて、ワイアットへ夜伽《よとぎ》が必要かどうか質問すると、ワイアットは飲んでいたワインのグラスを呷《あお》り、つまらなそうに首を横に振った。

「今日はお前の気分ではない。下がれ」

「はい、失礼します若様」

　既にラプターに心を奪われていたマーガレットは今晩はワイアットに穢《けが》されずに済んだぞ、と、心中で微笑《ほほえ》みながらワイアットの私室を後にした。

「…………」

　ワイアットの後ろに控え、マーガレットが退出する後ろ姿を無言で見ていたルイスがワイアットへ口を開いた。

「ワイアット様、一つご忠告したきことがございます」

「…………言ってみろ」

　ルイスはワイアットの前へ立つと跪《ひざまず》いて続きを口にした。

「最近、屋敷内でのラプター兄妹の動きが気になります」

　ワイアットはワインを呷りながら、心底意味が分からないといったような表情を浮かべた。

「はぁ？　どういうことだ？」

「ラプターの屋敷内での評判をご存じで？」

「知らん。どうして俺が一下郎如《ごと》きを気にかける必要がある？」

「はっ！　そのとおりでございます！　が、ラプターは使用人たちから不自然なほど評判が高いのです！　この屋敷内でその地位を確立している、といってもいいでしょう！　きっと何か裏があるに違いありません‼」

「…………お前はなにを言っているんだ？　評判が悪いならまだしも、評判がいいから、と、主人に忠告するバカがどこにいる？　俺にラプターへ褒美でもやれと言いたいのか？」

ワイアットから出たまさかの正論にルイスが一瞬鼻白《はなじろ》む。

「そっ、それは確かにそのとおりですが、いずれは危険な存在になるやもしれません！　そもそもロザリンド専属世話係という、本来ならこの屋敷で忌避されるはずの役職が、ほとんどの使用人たちから好意的な目で見られている、ということ事態が異常なのです！」

「ふぅん……で？」

肴《さかな》のチーズを口にしながらワイアットが続きを促す。

「ワイアット様もお聞きになったでございましょう！　先日奥方様がラプターを茶会に呼

ばれたことを！　あのロザリンドに関わるもの全てを毛嫌いしている奥方様が、です！」

「奴《やつ》の顔なら不思議はあるまい。母上も父上も好色だからな」

「それにワイアット様とお約束しておきながら、未《いま》だ妹のニシャを差し出しません‼　これこそ面従腹背《めんじゅうふくはい》の証《あかし》です‼」

「それは俺も腹に据えかねているが、父上があのご様子だ。あれ以来ずっと神罰とやらを怖《おそ》れきっている。現にこのあいだも奴を執事に推薦したアンガスが、殴り飛ばされていた。下手に二人を解雇しようものなら、俺とて怒り狂った父上に勘当されかねんわ」

「かっ、かもしれませんが、あの男は得体が知れません！　一体なにを考えているか、私の直感が言っております‼　あの男は危険だと‼　すぐさま処刑、できぬなら、最低でも解雇、領地追放すべきです‼　ワイアット様、どうか私をお信じください‼」

　普段冷静なルイスがここまで熱くなっていることにワイアットは驚いていたが、それでもその高すぎる自尊心と自負心から、ラプターたちを危険な存在とは微塵《みじん》も思えなかった。

「理由が直感ではなぁ……お前らしくもない。何か確定的な証拠でもあるのか？」

「そっ、それはございませんが……っ、私はメアリー事件及びメアリー水死の黒幕もラプターであると思っています！」

「だから、証拠は？」

「っ………ありません」

ルイスはワイアットの正論に歯噛《はが》みしながら頷《うなず》いた。

「メアリーか……記憶にある限り、アレが母上の首飾りを盗んだのは、あの下郎が出仕して一日か二日目の出来事だったと思うが？」

「……おっしゃるとおりです」

「初対面の、それもほとんど会話らしい会話もしなかったであろうメアリーに、あの下郎はなんの恨みがあってそのようなことをする？」

「そっ、それはそうですが……」

「水死の件も、自殺とカタがついただろう。そもそもだ、あの下郎がメアリーを殺したとして、奴にいったいなんの得がある？」

「あっ、ありませんが……っ、なにか、深く探れば――」

口惜《くや》しそうに言いかけるルイスにワイアットは嘲笑を浮かべた。

「話にならんな。ははっ‼　今日のお前は、いつになく精彩を欠いている。さては推理小説でも読んだのか？　はははははっ！」

いくら忠告しても聞かないワイアットに、ルイスは殴られることを覚悟で口を開いた。

「ワイアット様……最近、マーガレットの様子がおかしくはありませんか？」

「……何が言いたい？」

打って変わって、剣呑《けんのん》な雰囲気となったワイアットはルイスを睨《にら》みつけ、ルイスは怖れずその目を見返して忠告をした。

「ならばせめて、マーガレットのことだけでもお気をつけください。奴は性処理係として割り切り、情をかけることはなさらないでください。絶対に気を許すことはなりません。特に、機密情報の類を話してはいけません。そうしなければ、後々、必ずワイアット様の災いとなりましょう。もしかしたら、既にラプターの手に落ち……がっ⁈」

バリィン——‼　という音とともにルイスが頭から血を流し床へ倒れた。

ワイアットがワインボトルでルイスの頭頂部を思い切り殴りつけたのだ。

「この慮外者があっ‼　言うに事欠いて、俺を下郎如きに女を寝取られる凡愚だと言いたいのかっ‼‼」

「わっ、ワイアット様っ……」

ルイスは叩《たた》かれた衝撃で朦朧《もうろう》とする頭を押さえながらなんとか続けようとするが、激昂《げっこう》するワイアットの言葉に遮られる。

「お前は何様だルイス‼　俺が拾ってやらねば浮浪児として死んでいた下郎が一丁前に説教か⁈　分を弁《わきま》えろっ‼‼　大体全てお前の憶測ではないかっ‼　そもそも母上の茶会の

件とて、結果は母上を激怒させた下郎が罰としてその足を舐《な》めたと聞いているぞ‼　そのような恥も外聞もない顔だけが取り得のような男になにができるっ⁉」

「もっ、申し訳ありませんワイアット様っ……！　しかし、それでもマーガレットは怪しく思います！　お気をつけください……‼」

「まだ言うかっ‼」

その夜、ルイスは頭をワインボトルで殴られただけではなく、ワイアットから例の鞭《むち》で全身を打擲《ちょうちゃく》されることとなるのだった。


――――


翌日――

「ルイス様、そのお顔……どうされましたっ？」

朝、洗面所へ行くと傷だらけの頭に包帯を巻いたルイスが顔を洗っていたので、心配した態度を見せつつ様子を探るため私はルイスへ声をかけた。

「触れるな」

差し出した私の手をルイスは冷たく払った。包帯だけでなく、その色白の線の細い前髪の長い耽美《たんび》な美しい顔はいつぞやの私と同じく、鞭でできた痛々しい傷だらけだった。

「この傷は私がワイアット様から直々に賜《たまわ》ったもの、誇りだ」

「ほっ、誇り……ですか?」

「そうだ、私は誇らしい。この傷の数だけ、ワイアット様が私のために労力を払ってくださった証だからな」

恍惚《こうこつ》とした表情を浮かべるルイスを、私は無言のまま気取られぬよう観察した。

「……それも、アナタの信じる運命というものですか?」

「ああ、よく分かっているじゃないか。私がワイアット様に拾われたのも、打擲されるのも皆運命。ゆえに私は誇らしい。私は神にワイアット様から愛される運命を授かったのだから――」

「…………」

そう言い残しルイスは洗面所を後にしていった。丁度入れ違いに入ってきたイライジャに私はルイスとワイアットの関係についてそれとなく問いかけた。

「ああ……そのことですか……別に秘密ではありませんのでお話ししましょう」

イライジャは顔を洗ってモノクルをかけ直すと続きを口にした。

「ルイスは姓がないことから分かるとおり、元々はペンドラゴンの孤児、浮浪児だったのです。確か五歳か六歳の頃だったと思いますが、若様がなにかの気紛《きまぐ》れでルイスを拾ってきたのです。それ以来ルイスは若様に自分から絶対の忠誠を誓い、心酔し、あのようになにをされても文句一つ言わず、どころか、狂信とも言えるほど若様に尽くすようになったのです」

「なるほど……それは……凄《すご》いお話ですね――」

設定資料集にも外伝にもスピンオフにも載っていなかったルイスの情報、ルイスのワイアットへの想《おも》いは、私がロザリンド様へ抱くような気持ちに近いのかもしれない。

ならば、だからこそ、奴に注意せねばならない。前にニシャにも言ったとおり「愛」ほど危険なものはないからだ――

十四　ニシャとの訓練とロザリンド

「ところで、二人は普段どんな訓練をしているんだ？」

朝食の後、紅茶をお飲みになられていたロザリンド様は私とニシャを見てそう問われた。

「普段の訓練……と、おっしゃいますと？」

ロザリンド様には私がニシャに普段、礼儀作法や戦闘技術の稽古をしていること（諜《ちょう》報員《ほういん》の訓練のことは隠している）はお話ししてある。

「そのままの意味さ。ここには読書か食事か、お前たちと話す以外楽しみがない。だから、たまには二人の稽古風景でも見てみたいと思ってね」

ロザリンド様のお楽しみの中に私たちとの会話が入っていたことに、私はおもてに出さないまでも喜びが胸に溢《あふ》れた。

「なるほど……ロザリンド様が望まれるのなら、やりましょう」

「いいんですかマスター？」

ニシャは少しだけ不満気だった。自分と私との二人だけの時間・空間が取られてしまうと思っているのだろう。

「ふふっ……可愛いなニシャ」

「かっ、かわっ⁈」

「ニシャ、本来訓練とは人前でやることに意味がある。何故《なぜ》なら、私が教える技術の何割かはいざというときのため、いわば窮地に使われるものだ。窮地に平静を保つコツは、究極を言えば平時に衆人環視の中でソレを平然と行うことにある。分かるな？」

頭を優しく撫《な》でながらニシャを諭す。

「……はいマスター」

「よし、ならば今回は予定を少し変更して、関節を外す訓練をしよう。ロザリンド様、よろしいでしょうか？」

「えっ？　いやいやいや、よろしいワケないだろう。ちょっと待つんだラプター」

ロザリンド様は額に手を当てられ、自分がなにか凄《すご》い聞き間違いをしたのではないか？といったような反応をなされた。

「はいロザリンド様」

「すまないが聞き間違えかもしれないから、もう一度言ってみてくれ」

「はい。今回は関節を外す訓練をしようと思います」

「何故っ⁈」

「もちろん、役に立つからでございます」

「ええ……？」

ロザリンド様はすっかり心底引いておられる。

「できるのかいニシャ？」

「はい。結構得意です」

「ええ……？」

ニシャの返答にさらにロザリンド様はお顔を顰《しか》められた。

「やめますか？」

「いや、私が言いだした手前、それはよくない。やって見せてくれ」

そうお答えするロザリンド様に、私はその内にある貴族の風格を見た。一言既《いちごんすで》に出《い》ずれば駟馬《しば》も追《お》い難《がた》し。という故事のとおり、人が一旦口にした言葉はやすやすと翻《ひるがえ》してはならない。

それが貴族ならばなおさらであり、その点で言えばロザリンド様は、自身の言葉の重さを理解し、それでいて責任感をお持ちでいらっしゃる、実に貴族らしい素晴らしいお方なのだと。

「では、まずは手の指の関節、次に足首の関節だ」

「はいマスター」

事も無げにニシャが親指の関節を外し、所謂《いわゆる》亜脱臼状態になる。

「うわっ……」

椅子を反対側に置いてその上に正座するように座り、背もたれから目だけだして、恐る恐るといったようにこちらの訓練風景を眺めていたロザリンド様が可愛《かわい》らしい悲鳴をお上げになる。それだけで頭がガツンと殴られたくらい愛《いと》しい想《おも》いがあふれるが我慢する。

今はニシャの訓練中であり、ニシャに全神経を集中させなければニシャに対して誠実さを欠くことになるからだ。

「手の動きが少し大きい。それに少し音が鳴った、もっと静かに」

「はいマスター」

「……ニシャ、痛くないのかい……？」

恐る恐る尋ねるロザリンド様にニシャが親指の関節をはめながら答えた。

「慣れですね。最初は痛いです」

「ええ……？」

「次は足首だ。ここは滅多に外す場所じゃないし、下手をすれば一生ものの怪我《けが》になるから、気を抜かずに集中してやるんだ」

「はいマスター」

「ならやらせなくてはいいのでは……？　わっ！」

ゴキリと両足首の関節を外したニシャにロザリンド様がまた可愛らしい悲鳴を上げる。

「足の場合音は気にしなくていい。音が鳴らないに越したことはないが、外して素早く戻すことのほうが重要だからな」

「はいマスター」

「見てるほうが痛いよ……」

事務作業のように淡々と足の関節をはめなおすニシャに、ロザリンド様はすっかり引きっていらっしゃった。

「もしかして……他の関節も外せるのか……？」

「……まぁ」

おっかなびっくりといったようにニシャに問いかけるロザリンド様に、ニシャはなにか悪いことを思いついたというように、握手する動作で右手をロザリンド様に差し出した。

「うん？」

反射的にロザリンド様がニシャの右手を握った瞬間、ニシャの右肩がバキリと音をたてながら外れた。

「うわっ！」

ロザリンド様は心底驚かれたご様子で、ニシャの右手から手を離すと、肩が外れたニシャの右腕が振り子のようにブラブラと揺れる。

「と、まぁ、こんな感じで外せる関節は大体外せます」

「わっ、私を使って実践するんじゃないよっ！　びっくりしたじゃないかっ……い……痛くないかい？」

それでもニシャの心配をするロザリンド様にニシャは笑顔で肩をはめた。

「大丈夫です。それにマスターはもっとすごいですよ。首の関節も外せますからね」

「ええ――……？　ちなみに首の関節が外れるとなんの役に立つんだい？」

「特に役には立ちませんね。しいていえば、戦闘で負けかけたとき、首の骨が折れて死んだフリに使えないこともない、といったところでしょうか」

「ええ……じゃぁなんのために⁇」

「やれないよりはやれるほうがといったところです。役に立つ機会があるかもしれませんので」

「ええ……？　それで首の関節を外そうとするのか……？」

それから何個かロザリンド様の質問にお答えする。

「ご満足いただけましたか？」

「まぁ……満足かはともかく、すごい衝撃的ではあったよ……」

「決して真似《まね》をされてはいけませんよ？　ロザリンド様」

「す・る・かっ！」

ロザリンド様は迫真の表情で一片の迷いもなく、はっきりとお答えになったのだった。

十五　二人の生誕祭

ロザリンド様にお仕えするようになってから早一月《ひとつき》半が経《た》ち、新年を迎えることになった――

創世暦《そうせいれき》一一〇一年、一月一日、今日はこの「薄幸のロザリンド」世界における、いや、現実でもそうであったが、ロザリンド様のお誕生日……そう、生誕祭であった。

今日、エドワード、ワイアット、イザベラ、イライジャ、ルイスといったベルクラント家の主要な人物、さらにはアルビオン王国有力貴族諸侯は皆王都・王城で催《もよお》される新年祝賀会のため、王都へと出払っている。王城では三日間かけて、この世界の創世神であるサク＝シャへ新年を無事に迎えられたことに対する感謝の宴《うたげ》と神事を催すのだ。

つまり、今この屋敷に主要な人物は誰もおらず、使用人たちも休暇を申請すれば受諾《じゅだく》され、三箇日＋十四日（エドワードたちの王都へ行き帰りの時間を含めた）の計十七日は故郷へ帰られるのであった。

当たり前だが、私にとってはサク＝シャなぞよりも、ロザリンド様こそが唯一至高の神。

ゆえに、私とニシャは私費で食材やロザリンド様への贈り物を買い込み、ほとんど人のいなくなった屋敷の中で、この神事であるロザリンド様の生誕祭を盛大にお祝いすべく、ロザリンド様の好物を始めとした数々の料理を作った。

イチゴや生クリームをふんだんに使ったケーキ、筋や軟骨・脂肪を丁寧に取り除いて下処理した骨付き鶏モモ肉の照り焼き、堆肥《たいひ》の使われていない新鮮な野菜を使い、新鮮な卵と酢、搾りたての食用油を用いてマヨネーズから作ったポテトサラダ、バニラ風味のほろ苦い生クリームのかかったカラメルのプリン、その他諸々《もろもろ》のご馳走《ちそう》を手に地下牢《ろう》へと向かった。

「おはようございますロザリンド様。年が明け、創世暦一一〇一年となりましたね」

「ああ、そうだね。一年中暗いこの牢獄《ろうごく》にいる私にはあまり関係ないが……」

「ロザリンド様、少しの間、お目を閉じていただけませんか？」

「うん？　どうしてだい？」

私の言葉の真意が分からないといったように訝《いぶか》しむロザリンド様に私は笑顔でお答えする。

「説明はできますが、したくございません。ロザリンド様……お願いでございます――」

「……まぁ？　私にとって押しかけ忠臣であるお前がそう言うなら、吝《やぶさ》かではない……………これでいいかい？」

そうおっしゃってロザリンド様は目を閉じられた。それよりも、ロザリンド様が私のことを「おしかけ忠臣」とおっしゃってくださったこと、私はその一言だけで、身体《からだ》中の細胞が爆発するほどの感激に包まれた。

「……はい。ありがとうございますロザリンド様。できれば、僭越《せんえつ》でございますが、私がいいと言うまではそのまま、目を閉じたままでいただきたく思います」

「いいだろう。私の信条は一諾千金《いちだくせんきん》。お前がいいと言うまで、何をされようと絶対に目を閉じていようじゃないか」

そうして椅子にお座りになり、両腕を組まれたロザリンド様はドッシリと構えられた。私はその信頼が嬉《うれ》しくて仕方なく、涙が溢《あふ》れそうになるほどだった。

そうしてロザリンド様がお座りになっている椅子の前にあるテーブルに、ニシャとともに所狭しとケーキやチキン、ポテトサラダ、その他諸々の料理を並べた。

ブドウ・リンゴ・オレンジといった各種の果汁を搾った果実水、さらにはそこに入れる新鮮な水で作った氷を丸く削ったものを数十個入れたアイスペール、地下牢が寒くならないよう、暖炉《だんろ》の薪を足し十分に地下牢を温かくしたところで、ロザリンド様にお声をかけた。

「ロザリンド様、お目をお開けください」

「うん……っ……こっ……これはっ……っ」

　そうして目蓋《まぶた》を開かれたロザリンド様は、目の前に広がる所狭しと並べられた料理の数々に目を見開かれ、次いで私たちを見られた。

「なっ、なんだこれは……いっ、いくら新年祝いとはいえ、程があるだろう……？」

「いいえ、ロザリンド様。これは新年祝いなどではございません」

「なっ、なら、なんだ……？」

　期待するような、それでもその期待が裏切られることが怖ろしい。といったようなロザリンド様の瞳を真っ直《まっす》ぐに見つめてお答えする。

「これは全て、ロザリンド様のお誕生祝いの料理となっております」

　私の言葉にロザリンド様は大きな真紅の美しい瞳を見開かせ、私とニシャを見て、声にならないといったように、呟《つぶや》くようにお声を発された。

「わっ……私の誕生……祝い……？」

「はい。ロザリンド様。この料理全て、そしてこのケーキも全てロザリンド様のお生誕日を祝うためだけにご用意いたしました。今からケーキに立てたロザリンド様の御歳《おんとし》である十一本のロウソクに火をつけますゆえ、吹き消していただきたく存じます」

「まっ、待て……こっ、これは、ケーキもチキンも、このご馳走も……全部お前とニシャが作ったのか……？」

「はい。そのとおりでございますロザリンド様。お気に召していただければ幸いでございます――」

「ああ――」

ロザリンド様は言葉にできない、といったような、感動されたご様子で、私とニシャ、そして机に並べられた料理をご覧になった。

「今まで忘れていたよ……今日が私の誕生日なんだって……そして……こうして、本心の好意から、祝ってもらえるのは……初めてだ――」

オリビアはロザリンド様を大切にしていたが、それでも自分の家族がいたため、新年は休暇をとり、実家へと帰省していた。つまり、ロザリンド様のお誕生日を当日に祝ったのは、私たちが初めてなのだ――

「喜んでいただけたのなら幸いでございます。な？　ニシャ？」

私は手に持ったランタンでロウソクに火をつけながらニシャを見た。

「はい。こんなに喜んでもらえるなら、私も手伝った甲斐《かい》があるというものです」

「二人とも……私の為《ため》に……」

ロザリンド様は感極まったような涙目で私たちと料理をご覧になった。

「ロザリンド様、お誕生日おめでとうございます。生まれてきてくれてありがとうございます。私は、貴女様《あなたさま》がいるからこそ、こうして今、生きていられることができるのです。さぁ、ロザリンド様、ロウソクの火を吹き消してくださいませ」

「お嬢様、お誕生日おめでとうございます」

「二人とも……うん……分かった――」

そしてロザリンド様は「ふー」と息を吹いてロウソクの火を消された。

「「お誕生日おめでとうございます」」

「あっ……ありがとう……二人とも――」

パチパチと私とニシャが拍手で応えるとロザリンド様は嬉しそうに私たちを見られた。

「ロザリンド様、僭越ながら、一つよろしいでしょうか？」

「うん？　なんだいラプター？」

「実は、このニシャは誕生日が不明なため、今日をニシャの誕生日として祝いたくも思います。いかがでございましょうか？」

「マスターっ⁈」

ニシャは心底驚いたように私を見た。

「ああ、勿論《もちろん》だ」

「ありがとうございますロザリンド様」

初耳であるニシャは動揺しており、その様を見たロザリンド様はお優しい笑みを浮かべられながら頷《うなず》いてくださった。

「さぁ、ニシャ、これが私がお前に作ったケーキだ」

ニシャに内緒でニシャの好物である栗《くり》をふんだんに使ったモンブランに、十三本のロウソクに火をつけながら立てて、その前に差し出した。

「まっ……マスター……お嬢様……」

「ニシャ、分かっているな？　私は第一にロザリンド様、そして第二にお前に幸せになってもらいたい。第三は無い。たった二人だけだ。だから、お前の誕生日も勝手に決めさせてもらった。祝わせてくれ――」

公式設定資料集にも、後書きやインタビュー・対談記事、特典、雑誌のエッセイ等の「薄幸のロザリンド」に関する全ての情報でも、ニシャの誕生日及び両親は不明と記されていたため、作者以外、いや、作者すら設定していないであろうから、誰もニシャの誕生日を知らない。

だからこそ私は、ロザリンド様のお誕生日である今日をニシャの誕生日にしようと思った。理由は簡単で、ただのエゴだ。私が唯一愛したロザリンド様、そしてその次に幸せになって欲しいと思ったニシャ、その二人の誕生日が同じなら、これほど素晴らしいことはないと思ったからだ――

「ありがとうございますっマスター……っお嬢様……っ！」

さらに言えば、設定資料集にはニシャの好物は「肉」と記されていたが、作者がインタビューで「ニシャが本当に好きなのは肉よりも栗」と答えていたため、モンブランを用意したのだ。

そうしてニシャもケーキの火を吹き消した。

「さ、今日は私がホストで二人が主役だ。ニシャも座りなさい。よろしいでしょうかロザリンド様？」

「ああ、もちろんだ。正直、一人でこんなご馳走を食べるのは少し寂しいと思っていたんだ」

「お嬢様……」

「実を言えば、私はニシャのことを従者だと思っていない。不思議なものだが、出会った時から、旧知の人物に会ったような……私に姉がいたら、きっと、ニシャのような人なんだろうなって、思っていたんだ」

ロザリンド様の告白に、ニシャも対面の席に腰かけながら私も……と口を開いた。

「……実は私も、お嬢様を見たときからずっと、手のかかる妹みたいだなって思ってました」

「ははっ！　それは嬉しい！　両想《りょうおも》いだねっ」

そう、ロザリンド様は無邪気な、天使のような笑顔をお浮かべになられ、ニシャも緊張が解けたように笑った。

「ニシャ、よかったら、私のことを……名前で呼んでくれないかい？　それに敬語もいらないよ」

「い、いいんですか？」

「ああ。いいもなにも、私からそう頼んでるんだ」

「そ……それじゃ、呼び捨てもあれだから、愛称で、ロザリーって呼んでもいい？」

「っ……ああっ！　もちろんだ！」

ニシャの提案に目を丸くさせたのはロザリンド様だけではなかった。

私も、そのニシャの言葉に驚きを禁じえなかった。「薄幸のロザリンド」本編で、スラム街へ捨てられたロザリンド様を拾ったニシャは、ロザリンド様のことをロザリーと呼んでいたからだ。

「さ、二人とも、それでは乾杯をしましょう。乾杯の音頭《おんど》は、ロザリンド様、お願いいたします」

ロザリンド様には好物のブドウの果汁水にハチミツを足したものを、ニシャにはオレンジの果実水を注いだ。

「うむ……では、今日は私のために、このように盛大な料理の数々を用意してくれたことを、二人に心から感謝する。それと、ニシャ、私からキミに贈れるものは言葉しかないが、受け取って欲しい。誕生日おめでとうニシャ――」

「ありがとうロザリー……っ」

「乾杯っ！」

そして二人は乾杯をし、二人の誕生会が始まった。ロザリンド様もニシャも、ケーキや料理の数々を美味《おい》しいと食べてくれた。さらに嬉しいのは、ロザリンド様とニシャも前よりも打ち解けたようで、会話も弾み、本当の仲睦《なかむつ》まじい実の姉妹のようであったことだ。

そして会話や料理を食べる手が一段落ついたところで、給仕をしていた私はロザリンド様の前に立った。

「ロザリンド様、贈り物がございます。どうか受け取っていただければ幸いです」

「……こんな素敵なパーティーを用意してくれたというのに、これ以上まだお前は私にくれるというのかい？」

ロザリンド様はまた感極まったように私を見られた。お前はどこまで私のために尽くしてくれるのか？　そう言いたげに――

「はいロザリンド様」

「なら、ありがたく受け取ろう」

私はロザリンド様の前に恭しく跪《ひざまず》いてラッピングした小箱を手渡した。

「……開けてもいいかい？」

「もちろんでございます」

ロザリンド様は丁寧に包装を取り、中にあったジュエリーケースを開かれた。

「これは……桜を模した首飾りかい？」

「はい。桜は世界で最も高貴で美しい花、ロザリンド様にこそ相応《ふさわ》しいものでございます――」

「お前は桜は好きかい？」

「はい。花の中で一番に――」

「……光栄だね。ラプター、着けてくれ」

「失礼します――」

私はロザリンド様の後ろに回って、その長いお髪《ぐし》を傷付けぬよう優しく触れながら、首飾りをお着けした。

「どうだ？　似合っているかい？」

「はい。とてもお似合いでございます」

「とっても似合ってるよロザリー」

「ありがとう二人とも――」

ロザリンド様は鏡台の前に立って首飾りへ優しく触れながら、くるくると色々な角度からご自分をご覧になって嬉しそうに笑顔を浮かべられた。

「ニシャ、これはお前に」

そう言って私はロザリンド様へお渡ししたプレゼントと同じくラッピングされた大きな長方形の箱をニシャに渡した。

「わっ、私にもですかっ？」

「もちろんだ。今日はお前の誕生日でもあるんだからな」

「あっ、ありがとうございますマスターっ！　こっ、これは……」

ニシャに渡したのは宝石と金銀で煌《きら》びやかに装飾されたダガーだった。

「……おいラプター。贈り物にケチをつけるつもりはないが、レディーへの贈り物にそれは流石《さすが》にどうなんだ？　ニシャも引いてるじゃないか」

呆《あき》れるロザリンド様に、惚《ほう》けているような表情をしていたニシャは小さく首を振った。

「ううん、違うんだロザリー……とっても、とっても嬉しいんだ――」

「ニシャ、見て分かるとおり、そのダガーは観賞用だ。一流の刀匠に打たせたから、刃はついているし切れ味は抜群だが、実戦で使うような物じゃない。この意味、分かるな？」

「はいマスター……っ！」

「だが、もしそれを使う時が来たならば、迷わず振るうんだ」

「はいっ！」

ニシャは嬉しそうに、目を潤ませてギュっとダガーを胸に強く抱きしめた。

そうして私たち三人は今までにないほど、心の底から打ち解け合った。この幸福がずっと続けばいいほどに、と……だが、その二週後、一月十五日、正史のとおり、当主エドワードが流行病《はやりやまい》で死去したのだった――

十六　暗躍のとき、再び

　当主エドワード死去の報はワイアットによって全領民、そして屋敷の使用人たちへと伝えられ、多かれ少なかれ動揺が走った――

　そして私がそのことをロザリンド様にご報告すると、ロザリンド様はただ短く、「ああ、そうか」とお答えになるだけであった。

「驚かないのロザリー？」

「いいや、十分驚いてるよ。ただ……虐待を受けるときくらいにしか、会ったこともない存在だからね……正直、親子の情のようなものや、ましてや悲しみなんて感じない……それが正直な感想だよ――」

「なるほど……言われてみれば、確かにそうだね」

「私にとっては家族よりも、ラプターやニシャのほうが余程大切だからね」

「ロザリンド様……」

「ロザリー……」

私とニシャはロザリンド様を見て、感動に言葉を暫《しばら》くの間失った。ロザリンド様も、少し恥ずかしがられるような反応をなされながらも、今の言葉は嘘《うそ》ではないといったようにドンと、構えなおされた。

「問題はエドワードの喪が明けてからですね……」

「ああ、そうだな――」

「……どういうことだニシャ、ラプター？」

私とニシャの言葉に朝食をお召しになっていたロザリンド様は、不安そうに手を止めて私たちを見られた。

「これはあくまで予想ですが……エドワードの喪が明け、ワイアットが正式にベルクラント侯爵を相続したのなら、十中八九、私とニシャは解雇され、即日にでも屋敷を追い出されることでしょう」

「なにっ⁉　それはダメだっ‼」

ロザリンド様は反射的に声を荒らげて立ち上がられた。

「……ロザリンド様、これはあくまで予想でありますれば、そうならない可能性も十分にございます。ですが……」

そう含みを持たせ、私はロザリンド様の瞳を真っ直《ます》ぐに見つめて口を開いた。

「もし、その時になれば、私はロザリンド様に非情な選択を迫ることになるでしょう……それをお覚えになっておいてください――」

むしろ、そうなって欲しいと願っていた。そうすれば、ロザリンド様も必要以上にお心を痛めることなく、ベルクラント侯爵となることができるからだ。

私はロザリンド様をこの牢獄《ろうごく》から解放させるため、大手を振って外を歩け、人々に尊敬されるため、そのために今まで表ではロザリンド様にお仕えし、裏では数々の工作を行ってきたのだから――

「ああ……分かった――」

私の瞳を真っ直ぐに見つめ返して、ロザリンド様は頷《うなず》かれるのであった。

――――――

悪い予想というものは当たるもので、案の定、ワイアットが国王より正式にベルクラント侯爵へ任じられ、新当主へと就任すると、新当主就任式を催《もよお》す吉日である二月一日の一日前、一月三十一日に私とニシャは、今までエドワードが使用していた当主の部屋へと呼ばれた。

当主の部屋は、入ってまっすぐ先にある、政務用の光沢を放つ黒檀《こくたん》製の机が目に付く。

次に来客用の革張りの三人がけのソファーが対面に並び、その真ん中に短脚の純度の高いガラステーブルが一つ置かれ、大きな天蓋《てんがい》付きのベッドには羽毛布団に羽毛枕、それもカバーやシーツは全て最高級シルクが使用されている。

棚に置かれた壺《つぼ》や壁に飾られた絵画、カーテン、クローゼット、絨毯《じゅうたん》、果てはドアノブから窓枠までの調度品一つ一つに、とてつもない金がかけられ、かつそれでいて下品になりすぎないよう、屋敷全体と同じく侯爵家に相応《ふさわ》しい品があるように仕上げられている部屋だった。

そこで唯一、酒棚に飾られた何十本ものウイスキーが前所有者の面影を偲《しの》ばせていた。

「ワイアット様、ベルクラント侯爵そしてベルクラント本家当主ご就任、お祝い申し上げます」

「お祝い申し上げます」

私とニシャは入室するなり頭を下げ、ワイアットが口を開くよりも早く祝いの口上を述べた。

「ふむ、お前等も少しは謙虚さと自分たちの立場が分かっていると見える。だが、それも今日までだ。分かっていると思うが、お前たちには今日を以《もっ》ての解雇と、ベルクラント領の永久追放を申し付ける。とっとと出て行け」

後ろにルイスを立たせたワイアットはソファーに腰掛けて足を組みながら、私たちの祝いの口上に傲岸《ごうがん》な態度で軽く鼻をならし、口の端を吊《つ》り上げて邪悪な笑みを浮かべながらそう告げた。

「僭越《せんえつ》ながら……理由をお聞きしても？」

「簡単な話だ。俺は一度だって俺に反抗した者を許さん。お前は前にあのドブネズミを鞭《むち》打ちにしようとしたとき、俺の邪魔をしただろう。それに、その妹を俺に捧《ささ》げると言っておきながら、一向にその様子もない。つまり、二度も俺に反抗した。度《ど》し難《がた》い罪だ。殺してやっても構わんのだが、俺は人徳者だ。解雇と、この領地へ二度と足を踏み入れないことで許してやる。二度とそのツラを見せるなよ」

「……かしこまりました」

私とニシャが頭を下げると、ワイアットは「だが……」と続けた。

「この屋敷を出ていく前に最後に一度だけ、あのドブネズミに会うことは許してやる」

まさかあのワイアットに慈悲の心があったのか？　と、ほんの僅かな可能性を思って軽く顔を上げ、その表情を見たとき、やはり勘違いであったと理解する。何故《なぜ》なら、ワイアットの顔には悪辣な笑みが浮かべられていたからだ。

「お気遣いありがとうございます。ワイアット様」

「ありがとうございます」

「分かったらさっさと出て行け。ああ……あと、あのドブネズミの話を他人に一言でも漏らせば、どの領地に居ようと、他国であろうと、すぐに刺客《しかく》を送ってお前たちを惨《むご》たらしく殺してやるからな。それを覚えておけ」

「「はっ」」

そうして私たちは当主の部屋を後にした。

ラプターたちが部屋を後にした当主の部屋・ワイアット、ルイス――

「ワイアット様、あの二人を生かしたまま放逐《ほうちく》するのでは危険です。とても嫌な予感がいたします。どのような手を使おうとも処刑するべきです」

ルイスの進言にワイアットは不機嫌に舌打ちで返した。

「なんだお前は？　俺の決定に不満があるのか？」

「いっ、いえ、そのようなことはありませんが、せめてラプターだけでも殺しておくべきです」

「黙れっ‼」

「ぐっ⁈」

ワイアットはルイスの左頬を思い切り殴り飛ばした。

「俺が追放と言ったら追放なんだ‼　異論は認めん‼　俺が当主で俺が主人だ‼　あの二人がなにか企《たくら》んでいたとてなんになる⁈　痛くも痒《かゆ》くもないわっ‼　一介の下郎如《ごと》きが分を弁《わきま》えろっ‼」

「しっ、失礼いたしましたワイアット様」

口から血を流しながらもルイスは跪《ひざまず》いて謝罪した。

「前からお前はことあの下郎に関してはおかしくなるな……腹立たしい限りだ。今はお前の顔を見たくない。暫く外に出ていろ」

「……はっ！　失礼いたしますっ」

そうして当主の部屋を後にしたルイスは自身の副官の一人でありイザベラの情夫の一人であり、密使を務めるジョージを呼んだ。

「どうされましたルイス様？」

「よく聞け、お前は今すぐに侍従長殿へ私が渡す密書を持って王都へ行け。いいか、寝食も省きできる限り最速で王都へ行くのだ。分かったな？」

密書と賄賂と路銀になる金を渡しながらルイスはジョージへそう命令した。

「かっ、かしこまりましたっ！」

「分かったのなら早く行け、いいか、もしお前より早くラプターが王都へ着いたのなら、私もお前もおしまいだ。そう心得ろ」

「はっ……はっ！　分かりましたっ‼」

同時刻・ラプター、ニシャ――

「マスター……どうしてワイアットは私たちが、最後にロザリーと会うことを許したのでしょう？」

「簡単だ。私たちの口から二度と会えないと伝えられれば、ロザリンド様はどう思われる？」

「………想像したくもありません――」

悲しまれるロザリンド様を想像したのか、ニシャは顔を歪《ゆが》めた。

「そういうことだ。アイツは、ロザリンド様に絶望を与えるために、最後に会うことを許した。つまり、私たちの口から別れ、それも今生の別れとなるであろうことを伝えられれば、よりロザリンド様は絶望されると思っているのだろう」

「悪趣味の下種クズ野郎が……っ」

怒りに顔を歪ませるニシャの頭を左手で軽く撫《な》でる。

「……だが、おかげで計画どおりに動けるようになった。ロザリンド様は暫くの間、お辛《つら》い目に遭われることになるが……それを思うと胸が痛くて堪《たま》らないが……っ」

服の胸部分を右手で強く握り、ぐっと堪《こら》える。ロザリンド様のお辛い姿を想像しただけでも、私にとっては自分が拷問されるよりずっと辛い。胸が張り裂けそうになる。

「だが……これでやっと、ロザリンド様をベルクラント侯爵・当主になっていただくことができる。大手を振って外を歩ける存在になられることができる――」

「マスター……この事態を予想していたのですか？」

「当たり前だ。むしろ、こうなることは必然だった」

小説を読んで未来を知っている私は当然、このまま手を打たねばロザリンド様がどうなるか、その不幸な結末を知っている。だからこそ、そうならないよう、手を打ち、諜報《ちょうほう》員《いん》としての技術を活《い》かして暗躍してきたのだ――

「別にエドワードやワイアット、イザベラを殺すだけならいつだってできた。それも、事故死に見せかけて疑われないように……な。そうしてロザリンド様を、正式にベルクラント侯爵に就任させることもできた。だが、そうはしなかった。何故か分かるか？」

部屋へ戻り、荷造りをしながらニシャを試すように問いかける。

「……不自然さを拭うことはできないから、ですか？」

「そのとおりだ。エドワード・ワイアット・イザベラの三人が短期間の間に三人ともに事故死ないし病死し、死産と公表されていたはずのロザリンド様が、新ベルクラント侯爵に就任した。これがたとえ疑いようのない、完全な事故死・病死だったとしても、どう考えてもおかしい。作為的、そう思うのが人情というものだろう？　それでは結局ロザリンド様が正式にベルクラント侯爵に就任されたとて、一生暗い噂《うわさ》が後をついてくる。それに、ロザリンド様も、私たちが暗躍したのではないか？　もっと言えば、自分のために手を汚させてしまったのではないか？　そう思われるだろう。それではダメだ。ロザリンド様にご心痛を抱かせること、そして他人に実の家族を謀殺させて後継ぎになった。と、後ろ指を指されるような方法ではな。それはいわば最後の手段。ロザリンド様は、この王国内で忠義の士《し》として、人々に喝采され、尊敬されながら表舞台に出られなければならない。分かるな？」

「はいマスター……ですが、その方法が私には分かりません……」

「それはロザリンド様に直接申し上げる。その時まで、お前は頭を使って答えを導きだそうと努力しろ。たとえ間違いの推論でも頭を使うことに意味がある。考えない人間は家畜と何も変わらないのだからな」

「はいマスター！」

そうして荷造りを終えた私たちはロザリンド様が待つ地下牢《ろう》へと向かった。時刻は夕食前——

「うん？　どうしたんだい二人とも？　なんだか改まったような感じで——」

「実は……先ほど、私もニシャも、ワイアットより直々に、解雇及び、ベルクラント侯爵領からの永久追放を言い渡されたので、そのご報告に参りました……」

私の言葉にロザリンド様は最初、何を言っているのか理解できない。という顔をなされながらも、数秒して読んでいた本を床に落とされた。

「そ……そんな……」

そう呟《つぶや》かれたロザリンド様は立ち上がり、よろよろとこちらへ歩み寄って私の腰を抱きしめて胸に顔を埋め、大きな声をお上げになった。

「イヤだっ‼　イヤだイヤだっ‼　そんなことは認めないぞっ‼　なんでっ……なんでお前たちが解雇されなきゃならないんだっ……‼」

私の胸に顔を埋められ、涙ながらにそう声を上げられるロザリンド様に、私は言葉がでなかった。お労《いたわ》しくて泣きそうになってしまうほどに。そして、そのロザリンド様の背中を優しくニシャが抱きしめた。

「ロザリー……安心して……私とマスターは、誰に何を言われようと、決して見捨てないし、離れないから――」

「ニシャ……なら……」

　そうロザリンド様は顔をお上げになって私へ視線をお向けになった。

「ロザリンド様……苦しい選択を、今から貴女様《あなたさま》に突きつけることになりますが、ご決断ください――」

「……わかった」

　ロザリンド様は私にしがみついたまま、顔を上げて、涙に濡《ぬ》れる真紅の瞳でしっかりと私を見られた。

「ロザリンド様……エドワード、イザベラが死ぬことになり、貴女様が新ベルクラント侯爵となること、その覚悟がおありですか？」

　驚いたように瞳を見開かれながらも、ロザリンド様はキッと、怒るような表情をお浮かべになった。

「……兄上母上をお前が殺すつもりか？」

「いいえ。私が殺すのではなく、法が二人を裁くのです」

「……どういうことだ？」

　私はロザリンド様を優しくお離しして、懐からとある書状を取り出し、ロザリンド様にお渡しした。

「これは、ワイアットが敵対的隣国、グスタフ王国と密通している証拠です」

ワイアットが一番可愛《かわい》がっている愛妾《あいしょう》マーガレットを懐柔して手に入れたその書簡には、アルビオン王国や各領主が有する兵数や、兵糧・武具の貯蔵量を始めとする様々な機密事項が記されていた。

さらには、最終的にアルビオン王国とグスタフ王国で戦争が起こった場合、所領加増と引き換えに、同志貴族たちとともに裏切り、国王を捕らえて差し出す、とまでワイアットの直筆で記されており、最後にはワイアットのサインとベルクラント家の印章まで押されていた。

これが露見すれば、国家反逆罪の咎《とが》でワイアットやイザベラはいわずもがな、その親類も死罪は免れない。それも、縛り首や斬首ならまだいいほうで、火刑もありえるほどに、この密書に記された内容は重かった。

「これは酷《ひど》い……つまり……私が告発者になれば……私は助かる……そういうことか――」

「はい。それだけではなく、ロザリンド様は名実ともにベルクラント侯爵に就任し、大手を振ってこの牢獄から解放されることができるのです」

私の言葉にロザリンド様は深く考えられ、そして顔を上げ、真っ直ぐにニシャ、次いで私を見られた。

「正直……私はベルクラント侯爵になることや、ここから解放されるかどうかなんて、どうでもいい……」

そう、心底興味なさげにおっしゃったロザリンド様であったが、だが……とお言葉をお続けになった。

「だが……それをして、ニシャやラプターと、今後もともにあれるのなら、そうしよう――」

ロザリンド様は全ての覚悟をお決めになった表情で首を縦に振ってくださった。

「ならばロザリンド様、ここに、告発の血判書を、私が言ったとおりの内容で、お書きいただきたく存じます」

「分かった。お前を信じよう」

必要とはいえ、ロザリンド様のお体に傷が一つでもつくのは耐え難い。だが、ロザリンド様のためにも、これから行うことへの説得力を高めるためにも、血判書でなくてはならないのだ。

そうしてロザリンド様は告発を認め、最後に刀子で親指を少し切り、血判を押された。

「それでは、後は全て私にお任せください。ロザリンド様、私が王都より戻ってくるまでの間、きっと、お辛い目に遭うことになられるでしょう……どうかご辛抱ください」

「ああ、大丈夫だ。お前こそ、道中気をつけるんだよ」

「ロザリンド様っ……！」

ご自分より私のことを気遣われる健気《けなげ》さ、その精神的美しさに私は涙が出そうになった。

「きっと、食事も満足に運ばれず、暴力を振るわれることもあるでしょう……そのためにニシャを残していきます」

「なにっ？　ニシャをか？」

「はい。ニシャは間諜《かんちょう》としても働けるように訓練されています。隠れながら、誰にも気付かれずこの屋敷、そしてこの地下牢へ忍び込むなど造作もありません。そうだな、ニシャ？」

「はいマスター」

「ニシャがいてくれるのか……それは心強い。それだけで、私はどんな仕打ちだって耐えられる気がするよ」

「ロザリー……」

ニシャはロザリンド様を優しく抱きしめた。

「ニシャには、食料の運搬、そしてもしもロザリンド様のお命に危険が迫った時は、この牢獄を脱出させ、用意した隠れ家までお連れするよう厳命してあります。それでは、あまり時間をかけると、ワイアットたちに怪しまれるので、失礼します。行くぞニシャ」

「はいマスター！　すぐ戻ってくるから、待っててね、ロザリー！」

そうして私たちは顔に青痣《あおあざ》を作ったルイス率いるベルクラント家の警備兵に領内を出るまで護送された。


――――


「ルイス殿、一つ……聞いてもよろしいですか？」

もうベルクラント家の従者でなくなったのだから私はあえて様付けをやめながらルイスを見た。

「……なんですかラプター殿？」

「どうして、そこまでされながら、ワイアットに仕えるのです？」

「愛、ですよ」

「…………なるほど――」

間髪の無い答えに私は十二分に納得した。だがやはり、この心が動かされることはなかった。

「……私たちを殺さないのですか？」

「ワイアット様から領地追放で、と強くご命令されていますから。それに……この程度の兵でアナタたちを殺せるとは思えませんからね、ですが……占ってみましょうか？」

ルイスは例の金貨を取り出すと親指で弾いて左手で摑《つか》んで右手の甲の上に置いた。

「裏です」

左手を上げると金貨は裏だった。これは運がよかったのではなく、動体視力でルイスがキャッチした瞬間、金貨がどちらを向いているのか確認していただけだ。

「……残念、これでアナタを殺せなくなりました」

「左様ですか……安心しました」

「ああ、そうだ、ラプター殿、アナタは運命を受け入れる者ですか？」

「いいえ、私は運命を信じるがゆえに、抗《あらが》う者です」

間髪の無い私の返答にルイスは微笑を浮かべた。

「だろうね……そう、出会ったときからそうだろうと思っていたよ」

ルイスの口調が初めて出会ったときのようにくだけたものになった。恐らくこれがルイスの素なのかもしれない。

「私は、絶対に運命に抗う。サク＝シャによって全てが定められていたとするのなら、その定めを覆《くつがえ》す。それが私の存在意義だ」

だから私も平時の口調で応える。

「ふふっ……そう……なら、抗ってみたら？　全部徒労になるだけだろうけど」

「ああ、勿論《もちろん》だ。全力で抗う。徒労になんて、させんさ。それではさらばだルイス」

「ああ、できれば、もう二度と会いたくはないね、ラプター」

そしてルイスと視線を交しあい、背中を向けた。

その後ニシャは王都へと戻る振りをしてベルクラント領へ再潜入し、私は早馬を使い王都へ急いだ。

十七　全てはラプターの掌《てのひら》の上

ペンドラゴン・とある診療所――

そこには処刑人のように冷たい視線を向けるラプターと、蹲《うずくま》って震える老いた医師の姿があった。

「アナタは王国の法に逆らった。たかだが、領主の命に逆らえないがために、この王国で最も犯し難《がた》い罪を犯した。それは、国王陛下を騙《だま》す公文書、ロザリンド様死産の診断書を書いたことだ――!!」

「まっ、待ってくれ！　わっ、私も家族を守るために必死だったんだ!!　なんだってする!!　だから許してくれっ!!」

「なら――」

ベルクラント家を解雇される前に、ロザリンド様の出産に立ち会い、偽《にせ》の診断書を書いた医師を金と脅しで懐柔し、あの診断書は無理やり書かされた偽物であったこと、地下牢《ろう》で監禁されているロザリンド様はエドワードの血を引く本物のベルクラント本家一族の人間であることという、自白の血判書を書かせていた。

そして私は、医師の自白書、ロザリンド様の告発書、ワイアットの内通書の三つを持って早馬へ乗り王都へと向かった。


王都・侍従長室——

ラプターが王都へと急いでいる頃、ルイスから密書を預かったジョージは王都へ着き、侍従長と面会していた。

アルビオン王国では政治を左右する二大派閥があり、一つは度々アルビオン王国に軍事行動の兆《きざ》しや領土の侵犯を重ねる敵対的隣国に対し武力行使、戦争も辞さないという、宰相デイビッド・クロムウェル率いる「強硬派」——

そしてもう一つは敵対的隣国に有和《ゆうわ》政策を行うことを推奨し、友好関係の維持に努め、戦争を回避しようとする侍従長ガラハッド・ウェルズリー率いる「穏健派」に分かれており、ベルクラント家は穏健派に所属していた。

強硬派は国家に忠義を誓う頑固で融通の利《き》かない好戦的な貴族の集まりであり、穏健派は国家という枠組みにとらわれず、保身さえ叶《かな》うなら売国行為すら簡単に行うような、打算的貴族の集まりであった。

そしてここにいる神経質そうな顔つきの五十代、顔のシワは深く、髭《ひげ》は薄い、白黒のメッシュの入った髪をオールバックにしたこの男こそ、穏健派筆頭であるガラハッド・ウェルズリー侍従長であった。

ガラハッドは席に座り、ルイスからの密書を読み終えるとジョージへ向かって無造作に放り投げた。

「これはなんだ？」

「はっ？　はっ！　ワイアット・ベルクラント侯爵の腹心、ルイスからの密書でございます！」

「お前は私をバカにしているのか？」

腹立たしげにガラハッドはジョージを睨《にら》みつけ、それだけでジョージは竦《すく》みあがってしまった。

「ワイアット自身からの使いならまだしも、その腹心の独断で、わざわざ貴重な私の時間を割かせ、書いてある内容が、噂《うわさ》のロザリンドとやらの世話係だった男がなにかを画策しているフシがある、もしこの男が王都に来ることあらば、どのような手を用いても殺害及び投獄し、くれぐれも宰相や陛下に会わせぬようご注意ください？　だと⁉　ふざけるのも大概にしろ‼」

ガラハッドの怒声にジョージは生きた心地がしなかった。

「なんの証拠もないあくまで予想をわざわざ伝えるためだけに、お前は私の貴重な時間を割かせ、しかも私に命令するとは何様だと聞いているのだ‼」

その怒声にジョージは生きた心地がしなかった。

「もっ、申し訳ございませんっ‼」

「後でワイアットにきつく叱っておく。処罰は覚悟しておけ。もう出て行けっ‼」

「はっ！　失礼しますっ‼」

そうして顔を青くしたジョージは侍従長室を後にし、王城を出て馴染《なじ》みの宿へと戻った
――

その頃ラプターは伝馬制度を使い、各領地で馬を乗り換え、水も食料も睡眠も休息も最低限で済ませ、最短時間である約二十四時間で王都に到着していた。

――

――――

――――――

「もしワイアットなりルイスなりが侍従長へ使者を出すとするなら、ジョージを選ぶはずだ――」

設定資料集ではジョージが敵国であるグスタフ王国や侍従長の使者として用いられる。と記されており、そして毎回王都へ用があるときに使う宿も記されていた。それはスピンオフ作品である「亡国の騎士」でも確認済みなので間違いないだろう。

そのため私はジョージが泊まっている宿屋「ヨーク」へ客のフリをして赴き、店主に隠れて帳簿を確認し、確かにジョージがここに泊まっていること、あと二日はここに滞在することを確認してから王城へと足を進めた。

まだ時間は十五時、目的の宰相である二大派閥の一つである、強硬派筆頭デイビッド・クロムウェル宰相と面会するには十分妥当な時間であった。

「何者か？　王城勤めである者、他、王城勤めの誰かと面会予定のある者以外はここを通すわけにはいかん」

城門の前には重装の煌《きら》びやかな板金鎧《ばんきんよろい》を着て大槍《おおやり》を持った門番が立っており、私を止めた。

「私はベルクラント侯爵家に仕えていたラプターと申す者です。実は、火急の用件があり、クロムウェル宰相閣下にお会いする必要があるため、馳《は》せ参《さん》じた次第でございます」

「面会予定はとってあるのか？　でなくば、お前のような怪しい輩《やから》を宰相閣下にお通しするワケにはいかん」

「勿論《もちろん》でございます。宰相閣下がご多忙であること、そして私の身の上が怪しいこと、それを踏まえても、宰相閣下に話を通していただきたく思います。これは、その気持ちを形に表したものでございます」

そう言って私は金貨の詰まった小袋と大袋を門番へ渡した。

「小袋は門番様たちへのお心遣い、大袋は宰相閣下へのお気持ちでございます。どうかお納めくださいますよう――」

私の言葉に、有に門番の年俸分の金貨が入った小袋を開いた門番の一人は「おお……」と声を上げ、私を見た。

「あいわかった。宰相閣下に話をお通ししよう。この時間なら執務室で政務をおとりになっているはずだ」

そうしてもう一人が宰相用の密書と金貨の入った大袋を城内へ向かって走っていった。

「宰相閣下が、お前と面会されるとのことだ。ついてこい」

「はっ！」

私は門番とともに戻ってきた城兵に連れられ、王城へと足を踏み入れた。この巨大なゴシック様式の絢爛豪華《けんらんごうか》な王城は、アルビオン王国の強大な国力を如実《にょじつ》に表しているが、その玉座に座る者、現国王ジョン・ノルマン四世は、この城の荘厳《そうごん》さや大きさと反比例するような器の小さい、臆病で軟弱で優柔不断な男であった。

「宰相閣下、ラプターなる者が参りました」

「入れろ」

　宰相の部屋の前には二人の門番と同じく煌びやかな装飾の施された板金鎧に身を包んだ護衛兵が立っており、城兵が後を引き継いで戻っていくと、そのうち一人がノックとともに声をかけ、扉の中よりそう声が返ってきた。

「はっ！　失礼します！」

「失礼します」

　宰相の部屋へと入る。数々の書棚にビッシリと本が並ぶ、一見して小さな図書館のような部屋だった。そこにある一つの光沢のある机に、二メートル近くある長身の、ガッシリとした肥え太った体つきに、太い白髪まじりの眉毛と立派な口髭《くちひげ》にハゲ上がった頭頂部が特徴的な宰相デイビッド・クロムウェルが座り、後ろに護衛兵を二人立たせ、羽根ペンを持って公文書らしき物にサインを書いているところであった。

「ワシに火急の用があるとのことじゃが、いったい何か？　この皮袋の中に入っていた紙片を見る限り、ベルクラントの人間であったことは間違いないようであるが」

　クロムウェルは性格的に賄賂程度では懐柔できない。ゆえに渡した袋の中にはベルクラント家の印章が押された紙片を金貨に紛れて入れてあった。こうすればクロムウェルは私に興味を持つ。通常ならば不可能であろう面会が叶う。現に予想通りそうなった。そして、ここからが私の腕の見せ所だ。

「はっ！　我が主人、ロザリンド・ベルクラント様より、宰相閣下に密書を預かって参りましたゆえ、ご覧いただきたく思います！」

クロムウェルの言葉に、跪《ひざまず》き、頭を下げて答えた。

「……その娘は死産したと公表されながらも、実は地下に監禁されておると噂の娘か？」

「はっ！　そのとおりでございます！」

跪いたまま両手に持って差し出したロザリンド様の告発書、医師の自白書、そしてワイアットの密通書の三つを護衛兵が取って、クロムウェルの机の上に置き、クロムウェルが書状を開いて目を通した。

「……こっ、これは――っ！」

ロザリンド様の告発書、そしてワイアットの敵国との密約が記された書状を見たクロムウェルは目を見張って椅子から立ち上がり、睨むように私を見た。

「これに偽りはないかっ⁈」

「はっ！　全て、一字一句間違いなく真でございますっ！」

私はさらに深く頭を下げ、そう答えた。

「………其方等《そなたら》、下がっておれ。呼ぶまで部屋に入って来るでないぞ」

「しかし閣下……っ」

クロムウェルの護衛兵が私を見ながら心配そうに声を上げた。それはそうであろう。政敵である穏健派の中核を成すベルクラント家の元使用人がいきなり訪ねてきたのだ。刺客《しかく》と思われても不思議ではない。

「大丈夫じゃ。此奴《こいつ》はワシを害するつもりではない。むしろその逆じゃ。早くせよ」

「はっ！」

そうして護衛兵が退室し、部屋に私とクロムウェルの二人だけが残った。

「立て、そしてワシの前に来い。じっくり聞かせてもらいたいことがある」

「はっ！」

私が机の前に立つと椅子に座り直したクロムウェルは密書を机に広げながら口を開いた。

「まず、この密書によると、お前はロザリンド・ベルクラントの世話役じゃった。それは間違いないな？」

「はい閣下」

「一つ疑問がある。ロザリンドは生まれてからずっと地下に監禁されてきたのであろう？

だというに、これほど重要な内通書をどうやって手に入れた？」

ワイアットの内通書を指差しながら私の目を真っ直《ます》ぐに見るクロムウェル。その瞳はこちらの僅かな嘘《うそ》や動揺を見逃さないといったように眼光炯々《がんこうけいけい》。元は軍事一辺の将軍でありながら宰相になっただけのことはある。

「はっ！　閣下はグスタフ王国における日光病者の扱いについてご存じでございましょうか？」

「うむ。我が国とは正反対、マルタン王国と同じく、神の子とまで呼ばれ、神秘的に扱われていると聞く」

「はい閣下、そのとおりでございます。ワイアットはそこに目をつけたのです。今までロザリンド様を一族の恥とし、なかったものとし、地下牢に監禁し、最低限の衣食しか与えず、時には暴力を振るい、罵声を浴びせていた存在に、利用価値ができたと――」

「なるほど……そのロザリンドは見目が良いのじゃな？」

「はい、それはもう。天使の如《ごと》く」

「グスタフ王国への貢物、というわけか……」

「はい閣下。日光病者は金銀宝石と違い、金では手に入らぬもの。さらに、その見目がよければよりその価値は高い。さらにそれが自身の妹ともなればその価値は計り知れない。

と、酷《ひど》く酒に酔ったワイアットは、地下牢へ下りてきて、その全てを、内通していること、グスタフ王国への貢物とすることを、ロザリンド様に話したのでございます」

「ベルクラント新当主の酒癖と素行の悪さは知っていたが、そこまでとはな……」

「今までどれほど過酷な目に遭わされてきても、それは家族が望んだことだからと、暴力を振るわれても、罵声を浴びせられても、生まれてからずっと地下牢に監禁されても、文句一つ言わず、受け入れてきたロザリンド様でしたが、アルビオン王国国民として、国王陛下を、国家を裏切るわけにはいかない。たとえそれが、実の家族であったとしても……と、私を使い内通書を入手させ、そして告発書とともにここへ遣わせた次第でございます」

「そして、ロザリンドは、ワシに密告し、家族を生贄《いけにえ》に自分が新当主になる、と。そして後押しにワイアットの政敵であるワシに、その後見人になって欲しい。と、そう言うわけか？」

結局は自身の保身のため、自分が当主となるためにワシを利用しに来たのか……というつまらなそうな表情を浮かべるクロムウェルに、私はその予想していた態度、反応を、打ち砕き、ロザリンド・ベルクラントという至高の存在を布教させるために、心酔させるための演技を行う。

「いいえ閣下……」

そこで私は俯《うつむ》いてボロボロと演技の涙を流した。それも、子が親の死を、親が子の死を嘆くように、悲愴に、それでいて不自然でないように。

「なっ、なんじゃっ、いきなりどうした？」

驚くクロムウェルに、私は拭っても拭っても涙が止まらず、嗚咽《おえつ》する演技をしながら続ける。

「ろっ、ロザリンド様はっ……！　た、たとえどのような酷い目を受けたとはいえっ、愛されず、憎まれ、さっ、蔑まれ……くっ……はぁっ……ぎ、虐待を受けたとはいえっ！　家族は家族っ……！　しかし、自分はベルクラントである前に、一アルビオン貴族っ……国家は裏切れない。と、ベルクラント領を全て王国へ返上し、兄ワイアット、母イザベラとともに、ごっ、ご自身も処刑されようとおっしゃり、私や妹がいくら説得しても、頑として首を縦にお振りにならないのですっ――‼」

私の言葉にクロムウェルはつまらないものを見るようだった瞳に、衝撃を受けたように目や瞳孔を開かせた。

「なっ、なんと……っ」

「宰相閣下の下へ私を寄越したのも、侍従長にこの密書を渡してはもみ消されてしまうから、それに比べ宰相閣下は愛国心高き勇士であらせられるから、安心してこの密書を任せられる……せっ……はぁっはぁっ……！　正当に我等一族の咎《とが》を裁いてくださされるだろうから、と……っ！」

「とっ、ロザリンドの歳《とし》はいくつじゃっ？」

私の号泣に義理堅い武人気質のクロムウェルは心打たれたように、呆然《ぼうぜん》とするようにそう口を開いた。

「今年の一月一日に十一歳になられたばかりです……っ」

「そっ……そんな年端もいかぬ……虐待され、まともな教育も受けられなかった少女が……ベルクラント家にあっては……最も清い心と、貴族たる者が持つべき心・精神を持っていたとは――」

そこでクロムウェルはハッとして机に両手を叩《たた》きつけて私を見た。

「死んではならん！　そのような愛国者を絶対に死なせてはならん！　ロザリンドはいずれこの国の柱となるであろう！　この国の宝だ‼　絶対に死なせてはならぬぞっ‼」

「しかし閣下……っ！　私と妹では力及ばず――っ！」

「ならワシ自らが説得に行く‼　ついて来いラプターとやら‼　今から陛下へ直訴しに行こうぞ‼」

予想どおりクロムウェルはすっかり私の術中にあった。

「は……はっ‼　宰相閣下‼」

「護衛兵‼　ウィンストンを呼び出せ‼」

「はっ‼」

室外に待機していた護衛兵がクロムウェルの腹心であるウィンストン宰相補佐を呼び出し、謁見の間へと足を進めた。

「閣下、いかがいたしましたか？」

「ベルクラント領と隣接している穏健派の領地はどうなっている？」

その一言でウィンストンは真意を理解したように頷《うなず》いて口を開いた。

「はっ！　只今《ただいま》チャーチル、サッチャー二領地は重税に対する一揆《いっき》が起こっており、領主はその対応に追われています！　ベルクラント領に干渉するなら今が絶好の機会でございます！」

この二領地の一揆も、私とニシャが治安悪化の工作活動を行って引き起こさせたものだった。

「よろしい！　其方は逆賊であるベルクラント侯爵を連行する兵の準備をせよ！」

「はっ‼」

一を聞いて十を知る有能な副官であるウィンストンは頷いてこの場を後にした。

十八　踊らされる者たち

「デイビッドよ、急用と聞いたが、何の用か？」

謁見の間に姿を現した私とクロムウェルにそう間の抜けた声をかけたのは、玉座に座っている国王、ジョン・ノルマン四世であった。

私はすぐさま跪《ひざまず》き頭を下げた。ジョン四世は、平坦《へいたん》な顔つきに少し肥えた体、その表情からは一目見て無能さが窺《うかが》え、小説の中でも、優柔不断・無能・事なかれ主義・享楽主義と記されていたとおり、私の第一印象も「王冠を被《かぶ》った豚」であった。

「いくら陛下のお時間があったとはいえ、失礼でありますぞクロムウェル殿。元武人とはいえ、最低限の礼節くらいは覚えられたらどうか？　宰相がそのように粗忽《そこつ》では、他国の者に我が国の品位が疑われてしまいますぞ」

その玉座の横に立っていたガラハッドが嫌味を言う。

「陛下！　実は看過出来ざる逆賊を発見しましたゆえ、報告しに参った次第でございます！」

クロムウェルはガラハッドの嫌味を無視して腹に響くほどの声量でそう告げた。

「なにっ?! 逆賊となっ⁉ それはいかん！ 申してみよ‼」

ジョン四世は慌てたように玉座から腰を浮かせ、身を乗り出すようにこちらを見て声を上げた。この王は無能で低能な上に、それでいて自身の立場を脅《おびや》かす存在に対して酷《ひど》く臆病なのだ。

「はっ！ 陛下、百聞は一見にしかず、こちらの書状をご覧くださいっ！」

そうしてクロムウェルが差し出した告発の書状を近衛兵《このえへい》が受け取り、ジョン四世へと渡した。

「こっ……これはっ……！ 裏切りの書状ではないかっ‼」

「へっ、陛下……どうなされたので？」

「読んでみよっ‼」

「こっこれはっ……」

無能で愚かとはいえ文字が読めるジョン四世は告発の書状を呼んで怒りに顔を染め、ガラハッドに内通の書簡を投げ渡しながら声を荒らげた。

「はっ！ そのとおりでございますっ！ そのため、私は今より王都を立ち、ベルクラント侯爵一族を逮捕、連行したく思います！　ひいては陛下、ベルクラント侯爵、及びその一族を逮捕する王命、そしてそのために王都の兵を使うお許しを願いたく思います‼」

「あい分かった！　全て其方《そなた》に任せる‼　ベルクラント一族及び王都の兵の動員、其方の思うようにするがよい‼　この大逆者を余の前に引きずり出すのだ‼」

「はっ‼　ありがとうございます陛下っ‼」

「おっ、お待ちください陛下っ！」

　ガラハッドは待ったをかけるように声を上げた。

「なんだガラハッド？　其方は余の判断に何か不満でもあるのか？」

「い、いえ、しかし陛下、アルビオン十大貴族の一つに数えられるベルクラント侯爵を罪人として連行するとなれば、このような書状だけではなく、もっと情報を精査すべきかと思いますれば……」

　ベルクラント家はアルビオン王国の十大貴族に数えられるほど、大きな力、権勢を持っている。そのため、もしベルクラント家が廃絶となった場合、穏健派にとっては大きな痛手となるのだ。

「むぅ……確かに……其方の言うことも一理あるな……」

「陛下、ここにベルクラント家の使用人を務めていたラプターという者がございます。この者はロザリンド・ベルクラントの世話役であり、そして、この書状を運んできた張本人でございます。不満、不可解な点あらば、存分に問いただしてくださいませ」

クロムウェルの言葉を聞いた瞬間、ガラハッドが「しまった！」という表情を浮かべ、ジョン四世は私を見て声を上げた。

「おもてを上げよ」

「はっ！　失礼いたします！」

「おお……其方、綺麗《きれい》な顔をしておるの……歳《とし》はいくつだ？」

ジョン四世は私の顔を見るなり今までの憤《いきどお》りを忘れたように、バカみたいな質問をした。

「陛下……」

クロムウェルの一言にジョン四世が我に返った。

「はっ！　そ、そうであった。こっ、この書状に記されている内容は全て真実であるか？」

「はい陛下っ！　全て、一字一句間違いなく事実でございますっ！　その証拠に、一片でも違いあらば、この命を差し出しますっ‼　火刑でも串刺しでも釜茹《かまゆ》でも牛裂きでも喜んで受け入れましょう‼」

「な……なんと──」

この男に難しいことを言ったところで効果は薄いだろう。こういった輩《やから》には勢いで押しきることが一番効果的だ。

「それに、ワイアットは自慢げにこうも申しておりました！　私には侍従長殿がついているから、国王とて手は出せん。と！」

「なにっ⁉　それはまことかっ⁉」

「貴様っ！　言うに事欠いて私まで貶《おとし》めるつもりか⁉」

ジョンに続きガラハッドも声を荒らげた。それこそが私の狙いとも知らずに──

「侍従長殿のおっしゃるとおりでございます！　ゆえに私と宰相閣下は、国王陛下を大逆者であるワイアットからお守りし、そして侍従長殿の無実を証明するためにも、不躾《ぶしつけ》ながら陛下の御前へと馳《は》せ参《さん》じた次第でございます‼」

「むっ、ぐっ……」

こう言われては下手にワイアットを庇《かば》うこともできないガラハッドは苦虫を噛《か》み潰したような顔をして黙った。

「な、なるほど……其方等《ら》はまことと忠臣であるなっ！」

私たちの態度に喜ぶ国王にクロムウェルが畳み掛けるように続けた。

「陛下！　この告発者であるロザリンド・ベルクラントは、書状にあるとおり、生まれたときから地下牢《ろう》に幽閉され、虐待され、一片の愛情もかけられないような扱いを受けても、家族は家族と、しかし国は裏切れない。と、自身も処刑されるつもりでいるのです！　陛下！　どうかこのような忠義の厚い国の宝を処刑することなどはなされずに、新ベルクラント侯爵へこのロザリンドを任命されることを、このデイビッド・クロムウェル、自身の命を懸けて嘆願《たんがん》する次第でございます！」

「陛下、恐れながら、私もお願い申し上げます！　ロザリンド様はいくら国家を裏切ったとはいえ、母、兄を告発してまで自分が生き延びるような真似《まね》は絶対にできないと、たとえ法が私を裁かぬなら、自決すると心を決めておられるのですっ‼」

「なんとっ……！　そのロザリンドとやらは真の忠臣ではないかっ！　決して死なせてはならぬ！　王命を発す‼」

私の目的が達されようとした瞬間――

――――――

「へっ、陛下っお待ちをっ‼」

声を上げたのはガラハッドだった。ここで王命が発されてしまえば撤回することはできない、だからこそガラハッドは王の言葉を遮るように声を上げた。

「なんだガラハッドよ、まだ不満があるのか？」

「いえいえ、そのようなことはございません。ですが、やはりここは両者の意見を聞いてからしかと判断を下されるのがよろしいかと……」

「どういうことだ？」

「このラプターなる者と書状が本物か？　偽造ではないか？　それをベルクラント侯爵を呼び出して審議にかけるべきなのです。これでは一方的な意見を聞くのみで、万一、ベルクラント侯爵が無実であった場合、大変なことになってしまいますぞ」

「むぅ……確かにそうであるな……？」

（甘かったな、ラプターとやらよ、国王《このバカ者》の扱いなら私に勝る者はおらぬわ！）

こうなれば後はどうとでもなる。そう勝ち誇った笑顔を浮かべるガラハッドは次に出たラプターの言葉に驚愕《きょうがく》した。

「侍従長殿のお言葉大変ごもっとも！　では、ワイアットの罪を暴《あば》くさらなる証人を連行したく思いますれば、陛下、お許しくださいますか？　その者は今、王都の宿へ逗留《とうりゅう》しているのです！」

「なにっ⁉ そのような者が王都に⁉ 早くここへ連行してまいるのだ‼」

「はっ！ その者の名はジョージ・スミス、この裏切りの書簡をグスタフ王国へ届ける密使役であり、現在宿「ヨーク」の二階三号室に逗留しております！」

「すぐに連行させるのだ‼」

王の言葉にクロムウェルが応える。

「はっ！ 実は既に手を打っておきました！ 連れて参れ‼」

「なっ⁉」

ガラハッドはその男は自分を訪ねて来たルイスの使い。まずいことになる。なんとかしなければと思っていると、縄で縛られたジョージがクロムウェル配下の衛兵に連れられ謁見の間へ姿を現していた。

(早過ぎるっ⁉ この男、まさか最初からコレを狙っていたのか⁉)

ジョージは哀願する瞳で無言のままガラハッドに助けてくれと視線を向けるが、ガラハッドは苦虫を噛み潰したような顔で目を逸《そ》らし黙ってしまった。

「ジョージ、お前はこの書簡に覚えがあるな？」

「⁉ そっ、それはっ‼」

クロムウェル宰相が投げ渡したワイアットがグスタフ王国と交わした内通書を見たジョ

ージが驚愕の表情を浮かべた。

「陛下、この者の反応が答えでございます」

「ジョージ殿、素直に白状なさい。さすれば、お優しい陛下のこと、きっと罪一等を減じてくださるはずです……」

ラプターが甘く囁《ささや》くとジョージは、家族を人質にとられて脅され、仕方なく今までワイアットの密使としてグスタフ王国へと内通書を持って行ったことを全て白状した。

「やはり本当であったか……ジョージとやら、其方の罪、許し難し。だが、家族を人質にとられていたのならば、確かに酌量《しゃくりょう》の余地はある。この件が片付き次第、其方を家族諸《もろ》共《とも》国外追放に処す。それまでは牢で己が罪を悔いよ」

「寛大な陛下、ありがとうございますっ‼」

国王の言葉にジョージは無言のまま頭《こうべ》を垂れて感謝の言葉を口にし衛兵に連行されて行った。

「侍従長殿、まさかとは思いますが、今の者を、ご存じではございませんでしょうね？」

「…………………」

ガラハッドは完全にやられた……完璧に謀《はか》られた……と内心で後悔していた。知っていると答えれば自身も裏切り者の仲間とみなされてしまう上に、実際この者とは会って話している。そのことは門番も城内の者も目撃しており、少しでも探せばすぐにその証言者が現れるだろう。

だが、ラプターがわざとこう言ったということは「今回の件を黙認するのなら、これ以上の追及はしない」と、暗に脅しているのだ。

「……勿論《もちろん》だ。見たことすらない。ワイアットの反逆は確定だ。陛下、どうか反逆者にお裁きを――」

「うむ、王命を発す‼」

「「はっ‼」」

陛下のその言葉に謁見の間に居た全員が跪いた。

「ワイアット・ベルクラント、及びその母イザベラ・ベルクラント、そしてベルクラント家家令であるイライジャ・アンダーソン、ワイアットの腹心ルイスを含む、ワイアットの裏切りに協力した者を全て逮捕、そして処刑するため王都へ連行すること、そしてロザリンド・ベルクラントを新ベルクラント侯爵へと叙任《じょにん》することをここに宣言する‼」

「「畏《かしこ》まりました‼」」

国王がこう発言した今、たとえ誰であろうとその言葉を覆《くつがえ》すことはできない。ゆえにラプターとクロムウェルは深く頭を下げ、謁見の間を後にした。

「宰相閣下、今よりどうされますか？」

「うむ、ウィンストンが兵を用意しているであろう、一両日中には兵を編成しベルクラント領へと向かえようぞ」

「はっ！　ならば、私はこの報を秘密裏にロザリンド様へお伝えするため、少しの間、別行動させていただきたくっ！　ご準備が整わらば、城下にある宿屋、シュパンダウの店主へ言伝《ことづて》を願いますっ！」

「分かった！　また会おう！」

「失礼いたしますっ‼」

　そうしてラプターがクロムェルと離れる頃、侍従長であるガラハッドが副官であるチェンバレンへと指令を出していた。

「よいか、ワイアットに兵を集めさせ、クロムェルたちの兵に徹底抗戦し、決して逮捕・連行されぬよう伝えるのだ！　そしてその足で隣接領の領主たちにワイアットを支援するように伝えよ！　その間、私が穏健派の貴族たちに援軍を出させ、王を説得する。あの愚王のことだ、後はなんとでもなるっ！」

「はっ！　畏まりましたっ‼」

　ガラハッドの命によりチェンバレンがすぐさま王城を出て馬に乗ってその指令を各領地

へと伝えるため伝馬駅へ向かおうとしたところ、ちょうど目の前に、肌が粟立《あわだ》つほどに美しい、金髪金眼の完璧な美男子と言えるような男が自分を見ていた。

「そこな御仁……勘違いであったら悪いが、何か私に用が？」

時間は夕暮れ、王都の大通りである雑踏の中で、金髪の美男子はチェンバレンへ向けてにっこりと柔和な笑みを浮かべた。

「いえ……実は知っているお方に似ていたもので……もしや、チェンバレン殿ではございませんか？」

男は優しい声音で、まるで旧知の知人に対するようにそう声をかけた。

「確かに私はチェンバレンであるが……すまない……いくら記憶を辿《たど》ってみても、卿《けい》のことは知らぬ……どこかで会ったことが？」

「それは残念でございます……私はチェンバレン殿のことを、とてもよく知っているのでございますのに……」

「なんと、それは失礼した──」

「いいえ、チェンバレン殿、そのように頭をお下げにならないで下さい、むしろ、申し訳ないのは私のほうです。突然になりますが、少し、お時間よろしいでしょうか？」

「いや、実は急いでいてな……」

「お時間はとらせません。ほんの十分ほどで構いませんので……」

「そ、それくらいなら……」

チェンバレンは男の不思議に魅入られるようにフラフラと付いていき、そうして二人は王都の雑踏に消えていった――

そして、ガラハッドの命により王城を出たチェンバレンはその指令を各穏健派貴族たちへ知らせる前に、姿を消し、以来、消息不明となった――


ベルクラント邸・地下牢――

ラプターとニシャが解雇されてからというもの、二人の後任となったロザリンドの使用人は名をキャシディといい、歳は今年十八になり、この屋敷《やしき》の使用人にしては珍しく、ロザリンドに対して特に悪意や敵意のない女であった。

が、ロザリンドに親しく接すると、自身、ひいては家族がワイアットが当主を務めるべルクラント家から迫害されると、ワイアットに言われたとおり、食事も湯浴みも会話も最低限に、そしてそのことに罪悪感を覚えながらも両親とは引き換えにできないと、比較的善良な心根を持つ、メアリーとは対照的な女であった。

そしてワイアットはラプターやニシャという枷《かせ》がなくなったことにより、ラプターとニシャが屋敷に来る以前よりもロザリンドへの虐待の度合いが増した。度々地下牢へ訪れてはロザリンドに罵声を浴びせ、鞭《むち》で打擲《ちょうちゃく》し、ロザリンドの身も心も傷つけ、今もその最中であった——

「この出来損ないがっ‼」

「あうっ！」

連日続くワイアットの鞭が容赦なくロザリンドを打つ。顔や身体《からだ》、至る所にその傷である蚯蚓《みみず》腫《ば》れや赤黒や青黒い痣《あざ》、裂傷があり、その痛々しさを物語っている——

ルイスは黙ってその後ろに立ってワイアットの所業を見つめていた。

「お前さえいなければばっ！　この出来損ないがっ‼　我がベルクラントの家名に泥をぬりおって‼」

「ううっ——‼」

ロザリンドはどれだけ鞭で打たれても呻《うめ》き声を漏らすだけで絶対に弱音を吐かなかった。信じているのだ。ラプターのあの言葉を。

だから、今のロザリンドはどれだけ身体を打たれても罵声を浴びせられても、何も芯に響かなかった。それどころか、やはり自分はこのワイアットに、一片も肉親の情というものを持てないのだと再確認したほどであった。

「はぁ……はぁ……くっ……もういいっ‼」

そうして息を切らせたワイアットは地下牢から出て行った。

（クソっ……あいつっ……殺してやるっ……‼）

地下牢のクローゼットの中に隠れてワイアットの所業を眺め内心で激怒していたニシャの方向へルイスが視線を向けた。

「………」

（⁉）

ニシャが見つかったか、と、ダガーを抜きながらいつでも飛びかかる準備をするも——

「なにをしているルイス‼　早く行くぞっ‼」

「………はいワイアット様」

ルイスはそのまま背を向け地下牢を後にしていった。

（ルイス……アイツ……絶対私に気付いていたはずなのに……？　わざと見逃してくれたのか……？）

そしてワイアットに続いてルイスが地下牢へと続く扉を閉める音が鳴ったとき、クローゼットからニシャが姿を現して傷だらけで床に倒れているロザリンドを抱きしめた。

「ロザリーっ……！」

「ニシャ……」

「こんなっ……こんな身体になって……っ！」

ロザリンドの淡雪のようなシミ一つシワ一つない美しい白い肌は、無残な傷跡《きずあと》だらけだった。赤黒く、青黒く腫れ、血が流れ、蚯蚓腫れができ、ニシャは慣れた手つきでその傷にラプター秘伝の傷薬を塗って傷跡が残らないように包帯を巻いた。

「殺してやるっ……あの野郎……絶対に殺してやるっ……！　マスターの命令じゃなかったら今すぐにでも、死なせてくれと叫ぶくらい苦しめ尽くして殺してやるのに――ッ！」

「ダメだよニシャ。ありがとう」

本気で怒るニシャをロザリンドが優しく抱きしめた。

「ろ、ロザリー……？」

「気持ちはありがたいけど、私のためにニシャが手を汚す必要はないんだ……私は、ニシャが私のために怒ってくれる。それだけで、その気持ちだけで、兄上から受けた暴力のことなんて、どうでもいいと思えるくらい、嬉《うれ》しいから――」

「ロザリーっ……」

ニシャもロザリンドを抱きしめ返した。

ラプターに感化されたせいだろうか、ニシャは自分でも驚くほどにラプターやロザリンドに対して好意や、情が深まっていることを感じていた。かつての世界の全てが敵で、誰を愛することも好くこともないだろうと思っていた自分がまるで別人に感じられるほどに。

「ロザリー……ごめんね。少し落ち着いたよ……」

「いいんだ。正直に言えば、ニシャが私の為《ため》に怒ってくれているのが、とっても嬉しいんだ……」

ロザリンドもニシャと同じく、誰も信じられない、信じない。この世の全ては自分に悪意ある存在だと断じていたが、今ではラプターやニシャのことをかけがえのない存在だと、もはや今の自分にはなくてはならない存在だと思っているのだった。

それは元は善良である二人の無垢《むく》な心が、人間の持つ悪意によって犯され、蝕《むしば》まれた結果、世界の全てが悪意の塊と思えるようになってしまったからに他ならなかった。

最初から悪意を持ちぶつけてくる相手はいわずもがな、一見して優しく大丈夫そうな相手でも、触れれば必ず自身を傷つける、首を絞める真綿のように感じてしまっていたのだ。

そして、その疑心暗鬼となった二人の心を癒《いや》したのは、皮肉なことにラプターという、人を人とも思わぬ怖るべき非人道的な男。人を殺すこと騙《だま》すこと欺くことに一切の良心の呵責《かしゃく》もなく、微塵《みじん》も後悔せず、なんの罪悪感も抱かない。

それでいて愛する者には自身の命すら簡単に捧《ささ》げる、無償の愛と究極の奉仕の心を持つ、恐怖と愛の塊が二人の荒《すさ》んだ心を、その無限の愛によって照らし、救い、氷解させたのだ。

結局、世界はあるがままにあり、世界には悪意も善意も存在する。ただ悪意の方が圧倒的多数を占めているのは事実であるが、善意も同じく存在している。

全ては自身の置かれた環境と自身の見方、心のありように帰結するのだ。この世には悪意と敵意しか存在しないと思えば世界はくすみ、全てが敵となり、それでも世界は美しいと思えば世界は輝く。

悪意の中にも善意は存在し善意の中にも悪意は存在する。そしてその両極端さを顕著に内包した存在がラプターという男に他ならなかった。

だからこそ二人は初めて純粋な愛を知り、無垢であったときよりも、悪意によって穢《けが》され挫折の果て疑心暗鬼となったときよりも、もっと強く、善悪・清濁を合わせて受け止められる強い人間となれたのだった。

そうして長く、どちらが介抱されているのかわからなくなるほど互いに抱きしめあっていた二人であったが、ニシャが何か思い出したようにハッと顔を上げた。

「そうだっ！　マスターから連絡があってね、宰相の説得に成功したって！」

「流石《さすが》はラプターだね」

ロザリンドは自分のことよりも、ラプターが無事なことに安堵《あんど》の笑みを浮かべ、そんな健気《けなげ》な姿を見たニシャはまた涙が出そうになった。

「いっ、一週間後には王都兵を引き連れてここへ到着するって。だから、辛《つら》いだろうけど、それまでの辛抱だよっ」

「なにを言ってるんだニシャ。ラプターは無事だし、ニシャがそばいてくれるんだ。なにも辛いことなんかないさ」

「ロザリー……っ」

ニシャはロザリンドを抱きしめた。優しく、強く、深く――

十九　ルイスの秘策

　ベルクラント邸・食堂――

「ふむ……今日のスープは味が薄かった。後で料理長に俺の部屋へ来るよう伝えろ」

「かしこまりました旦那様」

　朝食を食べ終えたワイアットはストレートの紅茶を啜《すす》りながら、今朝からなにか無性にむしゃくしゃしていたので、料理長のカーターを鞭《むち》ではなく六角棒で棒叩《たた》きにすると決め、今から腹ごなしの運動ついでにロザリンドを鞭で叩こうかと思案していた。

「ワイアット様……なにやら嫌な胸騒ぎがいたします……」

「なんだルイス藪《やぶ》から棒に。お前の胸などいつもざわついているだろうに」

　その時扉を大きな音を立てて開けながら領境を守っている警備兵が慌てた様子で姿を現した。

「たっ、大変でございますっ‼」

「やかましい下郎が‼」

ワイアットは自分の眼前にまで迫った警備兵の暑苦しい顔面に、反射的に淹《い》れたての紅茶をぶちまけた。

「ぎゃあああああっ⁈」

「なにをふざけている⁈　早く用件を言え‼　殺すぞ‼」

「ぐぼっ⁈」

熱湯に近い熱さの紅茶をかけられた警備兵が顔を両手で覆って床を転がっていると、ワイアットがその腹を思い切り蹴り上げながら苛立《いらだ》たしげに一喝した。

「たっ、大変でございますっ‼　クロムウェル宰相率いる王都重装騎兵隊約二百が領境を越え我が領内に侵入いたしました‼」

「なにっ⁈　そんな話は聞いていないぞ⁉　奴等《やつら》の目的はなんだっ⁉」

「はっ‼　王命によりワイアット・ベルクラント及びその一派を敵国と通じた大逆罪の咎《とが》で逮捕する、とのことです‼」

「なっ、なんだと⁈　お前らは我が領内を侵犯する王都兵を見す見す見逃したのかっ⁈」

「はっ、はっ！　王命に逆らえば貴様らも同罪、大逆罪として族滅であるぞと言われれば、お通しせぬわけには参りませぬゆえ……」

「…………侍従長からは何も聞いておらぬぞ――」

暫《しばら》くの間呆然《ぼうぜん》としていたワイアットであったが、ハッと我に返り同じく顔面蒼白《そうはく》のイライジャを見て叫んだ。

「イライジャ!! 今すぐにベルクラント騎士及び領民兵を徴集しこの屋敷に集めさせよ!! 大至急だ!! 逆らう者は殺せ!!」

「しっ、しかし旦那様……」

「しかしもなにもあるかっ!! たとえ宰相が王命を携えていようと、時間があれば侍従長殿がなんとかしてくださる!! あと侍従長殿へこのことを一刻も早く知らせるために早馬と伝書鳩《でんしょばと》を出せ!!」

「はっ、はっ!!」

イライジャは血相を変えて食堂を後にして行った。

「くっ……クソがぁっ!! 誰か私の甲冑《かっちゅう》と剣を持って参れ!!」

「やはりこうなったか……後は……なるようになるだけだな――」

今まで沈黙を貫いていたルイスは、静かに呟《つぶや》いてワイアットの後を追った。

ベルクラント領内――

そこには宰相クロムウェル率いる煌《きら》びやかな板金鎧《ばんきんよろい》に身を包み、同じく煌びやかな馬鎧を着せた馬に乗った重装騎兵二百がベルクラント邸へと向かって進軍していた。

クロムウェルは宰相服に胸甲だけをつけた軽装で、ラプターにいたっては王都で着ていた礼服のまま腰に剣を一振り携えるのみで鎧すら着ていなかった。

「ラプターよ、ここまでは大きな反抗なく進軍することができたが、この先はどうなると思う？」

「はっ閣下！　ベルクラントの領民たちは、重税を課し、領民を甚振《いたぶ》る領主であるベルクラント家に一切の忠誠心もなければ、一片の恩義も感じておりません。先程領境を守っていた警備兵が、簡単に我等に道を開けたことがその証左でございます。問題があるとすれば、ベルクラント邸を守る兵たちですが、それも危険視する必要はないかと思われます！」

「うむ、それは何故《なぜ》か？」

「はっ！　申し上げましたとおり、領民は横暴なベルクラント家に不満や叛意《はんい》を抱きはすれ、忠誠心など皆無でございます。そのような者たちが、族滅の危険性を分かった上で、王命に逆らうとは到底思えませぬ」

「確かに……王命に逆らってまで、ベルクラントを守ろうとする者はいなかったが……」

「問題は他穏健派貴族の援軍等ですが、それも問題はないかと思われます。屋敷へ潜ませた腹心により、侍従長殿の連絡がワイアットへ届いていない。という連絡がありました。そして、隣接する穏健派貴族領では一揆《いっき》が起きており、ワイアットに加勢できる余力はない状態。総じて見ますに、今ワイアットは孤立無援。そして、陛下の王命という大義を掲げる閣下を、邪魔する者は誰もいないのでございます！」

「なるほど。そのとおりであるな。ラプターよ、ワイアットは素直に縛《ばく》につくと思うか？」

「いいえ、閣下。ワイアットはどのような状況であれ、絶対に自ら進んで縛につくようなことはしないでしょう。断言できますが、ワイアットは今も領民兵や家臣の騎士たちを郎党含めて屋敷へ集め、侍従長の援軍や、王命が撤回されるのを待つためにも、我等に徹底抗戦するつもりでしょう。端からベルクラント家に恩義も義理もなく、それに付き合わされる領民兵は堪《たま》ったものではありません。騎士と郎党も同じくです。ゆえに、そこは私にお任せ頂きたく思います」

「うむ……あい分かった。全てお前の好きにするといい」

「ありがとうございます閣下！」

そうしてラプターたちは妨害工作を受けることもなく、領民たちが不安そうにこちらに視線を向ける中ペンドラゴンを抜け、ベルクラント邸へと向かった——

――

―――

――――

予想どおり、ベルクラント邸には緊急徴募を受けた騎士とその郎党、そして領民兵であふれかえり、その大きな鉄門や鉄柵を囲むように簡易のバリケードのようなものを作っていた、その数は千近くはいるだろう。

だが、その騎士たちや領民兵の顔色からも、ベルクラント家が召集をかけたために嫌々参加したというような気持ちがこぼれており、戦意はなく、お前のお家騒動に巻き込むな、といった思いがその顔からありありと窺《うかが》えた。

ゆえに、私は一騎でその門前の前に進み、声を上げた。

「我等は罪人、ワイアット・ベルクラントを連行せよという、国王陛下直々の王命を賜《たまわ》った王使《おうし》である！　ゆえに、ワイアットに与《くみ》したと思われたくなくば、兵たちは早々に武装解除し開門せよ‼」

私の言葉に兵たちにザワザワと動揺が走る。そんな話は聞いてないぞ、やってられないといったふうに。そして、そこへ屋敷のバルコニーが開き、甲冑に身を包んだワイアットが姿を現し、私を睨《にら》みつけて声を張り上げた。

「ラプター！　この恩知らずの恥知らずの痴れ者《し》が‼　恩を仇《あだ》で返すどころか、私を大逆者に仕立て上げようとするなど、言語道断‼　主従の道どころか人の道すら知らんと見える‼」

　私も負けじと声を張り上げる。

「痴れ者はどちらかっ⁈!　国王陛下より領地と爵位を賜った身でありながら、陛下を、そして国家を裏切り他国と内通し、反逆を企てるお前こそ不忠は言わずもがな、君臣の道を、いや、人の道すら知らぬ腐れ外道ではないかっ‼」

「でっちあげだ！　宰相閣下、そしてこの場にいる全兵士よ聞いてくれ！　私は一度として国家や陛下に反逆を企てたことなどなく、ましてや他国と内通したことなど全くない‼　全てはその男、ラプターの虚言！　でっちあげ！　私を貶《おとし》めようという罠《わな》なのだ‼　皆信じてくれ‼」

　だがその言葉に同意する者は、王都兵どころか、ベルクラント騎士・領民ですら一人もいなかった。

「領民たちよ！　私は諸君等が領主の命ゆえ仕方なく馳《は》せ参《さん》じた罪無き者、むしろ、暴君に対してもその義務を果たそうとする忠勇な勇士たちであると知っている！　ゆえに、我等は諸君等を罪に問うことはない！　敵はワイアット、そしてワイアットに与した売国奴のみであるっ‼　諸君等王国に忠実なる者は武器を捨て、門を開け、道を開くのだ！　さすれば自身の無実を証明し、謂《いわ》れ無き族滅の刑から解放されるのだっ‼」

「おおっ……確かにっ……！」「どうして俺等がワイアットなんかのために命を、ましてや家族・親類の命を懸けなきゃならねえんだ？」「ラプターさんの言うとおりだっ！　私はラプターさんの誠実さを知っている！　真偽は言わずもがなラプターさんが正しく、あの悪漢ワイアットがその場限りの言い逃れをしていることになんの疑いもない‼　みんなもそう思うだろ⁈」「そうだ、あのラプターさんが嘘《うそ》をつくわけなんてねえ！　オラぁ前にラプターさんに壊れた雨戸の修理をしてもらったぜ！」「ウチは喉に飴《あめ》を詰まらせて死にかけてた婆様《ばあさま》の命を救ってもらったぞ！」「オラの妹はワイアットの情婦にさせられた上に、最後は殺されちまったんだっ‼　こんな腐れ外道許されるかよっ‼‼」

「「「おおおおお‼‼」」」

兼ねてから行ってきた領民への慈善活動が功を奏し、領民が私の味方となる反応をし、武器を捨てた――

「騎士及びその郎党たちよ‼　其方等はベルクラントに仕える者たちである‼　ゆえに、今回のことは忠義心故の行為、むしろ陛下は好意的に思われようぞ‼　しかし‼　これ以上王命に逆らうというのなら、其方等は逆賊‼　爵位・領地剝奪の上族滅となろうぞ‼

それでも良いのかっ⁈　今剣を捨て門を開かば其方等は王国にとっての忠臣、どの派閥に属そうが、その爵位と領地も安堵《あんど》されようぞ‼」

「たっ、確かにっ……こんな奴《やつ》のために一族を危険には晒《さら》せん……」「そもそも我等は王国の騎士だ、穏健派であるといっても、売国などもっての外ではないかっ！」「大体敵国に内通するなど考えたこともない！　巻き込まれるのは御免だっ‼」

動揺しているベルクラント騎士たちに、止《とど》めを刺すように声を張り上げた。

「さぁ選ぶが良い‼　逆賊として族滅の憂《う》き目に遭うか、忠臣として名を残すかをっ‼」

私の言葉にとうとう騎士たちも武器を捨て、バリケードを崩して門を開き、我等へ道を開けた。

「おっ、お前たち⁈　私を裏切るつもりかっ⁈」

部下や領民たちの裏切りに動揺して声を張り上げたワイアットであったが、その声に応える者は誰もおらず、むしろ、皆一様にゴミを見るような蔑みの冷たい瞳でワイアットを見た。その冷たい視線を浴びたワイアットは慌てたようにバルコニーから屋内へ身を翻《ひるがえ》した。

――――

「くそっ‼」

そこへ丁度出くわしたのは自身が最も可愛《かわい》がっていた愛妾《あいしょう》、マーガレットであった。

「わっ、ワイアット様……私は……」

「お前か……あの書簡のことはお前しか知らぬはずだからな……」

「ちっ、あっ、あのっ、そんなっ……ギャッ⁈」

マーガレットは全てを言い切る前にワイアットに斬殺された。

「この死体を片付けておけ‼　ルイス‼」

「はい、ワイアット様」

「どう思う⁉」

「……どうにもなりませぬでしょう。私が時間を稼ぎますゆえ、ワイアット様は隣接領へお逃げください。命さえあれば、侍従長殿が上手《うま》く執り成してくださいましょう」

「そのような無様なことができるかっ‼‼」

「……ではどうなさるおつもりですか？」

「恩を仇で返したラプターだけは許せん。ヤツだけは、この手で殺してやらねば気が済まぬ‼」

ワイアットの気性を理解していたルイスはもうワイアットはここで終わりなのだと理解した。

今は是が非でも、形振《なりふ》り構わず逃走することが最重要であるというのに、ワイアットは至極どうでもいいラプターへの復讐《ふくしゅう》という瑣事《さじ》に心を支配され、他のことはどうでもいいといった様子。小事しか見えていないのだ。それがこのワイアットという男だとルイスもよく分かっていた。

「……ならば……一つだけ、私に秘策がございます」

「なんだそれはっ⁉　言ってみろ‼」

ルイスはこれだけはやりたくなかったと思い、金貨を取り出しコイントスをすると結果は表だった。

「確かに……全てが定められているなら、これから私がやることもまた必然、なのだろう――」

「早く言わぬか‼」

「少々お待ちください。策を講じて参りますゆえ――」

その頃・門前・ラプター、クロムウェル、王都兵――

「全軍前進‼」

宰相の命で王都兵二百がベルクラント邸の内部に進軍すると、ワイアットが玄関から飛び出してきて、剣を構え、私に向かって叫んだ。

「ラプターっ‼　決闘だ‼　俺と決闘しろっ‼」

「……なんと？」

思いもよらない言葉に私は少し思案した。設定資料集の情報によればワイアットは貴族の子弟だけで王都で催《もよお》される御前試合で一位の腕前だったはずだ。だが、そうだとして、ここで私に勝ったとて何にもならない。

「子供じみた悪あがきか……」

私はそう理解した。

「ワイアット、私に勝っても罪を免《まぬが》れることはできんぞ？」

「それでもだ‼　貴様だけは殺してやる‼　でなくば俺の気が済まん‼」

「ラプターよ！　奴の口車に乗るでないっ！　そ奴は頭は悪いが剣の腕は御前試合で一位の腕前ぞっ‼」

私を気遣って忠告してくれた宰相に振り返り笑顔を浮かべ、大丈夫ですと軽く頭を下げた。

「いいだろう……受けて立とうワイアット――」

「待て、先に私が相手となろう」

馬をおりてワイアットの前に立った私に、ワイアットを押しのけるようにルイスが前に出てサーベルを抜いた。

「ルイス‼ 推参だぞっ‼ なんのつもりだっ⁈」

「ワイアット様、従者は主人の露払《つゆはら》いをするものでございますれば。このルイス、最初で最後のわがままでございます。どうか、この者と戦わせてください――」

ルイスの覚悟が宿った瞳に、流石《さすが》のワイアットも激情が少し引き、少しだけ理性が戻ったような表情を浮かべた。

「いいだろう……好きにするといい――」

「ありがとうございます。ワイアット様――」

ワイアットに頭を下げたルイスが改めて私に向き直った。

「ルイス……」

呟く私にルイスが応える。ワイアットもクロムウェルも兵たちも、皆黙って私たちを見つめている。

「やはりこうなってしまいましたね」

ルイスは全てを受け入れたような微笑を浮かべた。

「ああ、そうだな」

「しかし、私もワイアット様もただ負けるワケにはいきません。アナタを道連れにする。それが、我が主人、ワイアット・ベルクラント様のお望みなのですから」

「できると思うか？　ルイス？」

「さぁ……どうでしょうね？　ここに一つだけ秘策があります。これを使うか、使わないか、私は運命、神に任せたいと思います。表が出たら秘策を使い、裏が出たら使わない。よろしいですか？」

「どのみち私に選択権はないのだろう？　好きにするがいい」

ヤツが用意した秘策とやらがどのようなものなのか頭で考えつつ答える。

「では……」

ルイスがコイントスをして出た目は表だった。

「表か……やはり運命は私に味方しているようです。では……秘策を使わせていただきましょう。例の者を引きずりだしなさいっ‼」

「⁉」

まさかの事態に私は自身の目を疑った。そこには、手を後ろで組まされ木製の手枷《てかせ》足枷《あしかせ》に、手縄と首縄がかけられたニシャが警備兵に連れられ、正面玄関から引き出されてきたからだ。

「おおっ‼　これがお前の言っていた秘策とやらかっ‼　ソイツをここへ寄越せっ‼」

ワイアットは喜んで手下が持っていたニシャの首に括《くく》られた縄を握って引っ張り、その首の痛みにニシャは苦痛の表情を浮かべた。

「ぐっ……?!　痛てぇんだよこのクソがっ‼」

「黙れネズミがっ‼　まさか屋敷に隠れていたとはなぁっ‼」

ワイアットはニシャの鳩尾《みぞおち》へ膝蹴りを打ち込み、ニシャが両膝を地につける。

「がっ?!」

「やめろっ‼」

反射的に出た私の言葉にルイスとワイアットが反応する。

「……アナタの感情的な声を初めて聞けましたね――」

「はっはっはっ‼　ラプター‼　ただお前を殺すのでは俺の腹の虫が収まらん‼　お前の妹の命が惜しいなら、無手のまま反撃せずルイスに膾斬《なますぎ》りにされよっ‼　どれだけルイスの攻撃を避けれるか見ものよなっ‼」

ワイアットは勝ち誇った顔で私へ向かって叫んだ。

「ルイス……ワイアット……ッ‼」

「なんと……ここまで性根が腐っておるとは……」「アルビオン貴族の恥だ……」「あんな小さなお嬢ちゃんを人質にするなんて恥を知らねえのか？」

ワイアットとルイスの行為にクロムウェルや王国兵だけでなく、王国兵に道を開けたベルクラント領民兵やベルクラント騎士たちからすらも侮蔑の視線や言葉がワイアットに向けられる。

「じゃ……悪いけど、始めようかラプター。ワイアット様のために、お前には死んでもらう」

ルイスが右手に持ったサーベルを構える。

「まさかニシャが負けるとはな……お前にそこまで実力があるとは予想外だった。この世界に来て唯一の誤算だ――」

私はニシャが人質にとられている以上ワイアットの言葉に従うしかなく、サーベルを抜くことは愚か反撃すらできず、ルイスの攻撃を躱《かわ》すことだけしかできない。

「行きますよ――‼」

二十　忠義の果て

そこから行われたのは一方的な加害だった。ルイスが容赦の無い斬撃や突きを見舞い、ラプターはそれを紙一重で躱《かわ》す。ルイスの剣の実力は確かにニシャよりも一回り上で、その剣筋は真《ま》っ直《す》ぐで的確、ラプターはその身体《からだ》へ徐々に傷を作っていった。

「はぁーはっはっはっ‼　いい気味だ‼　ルイス‼　もっと苦しめて殺すのだ‼」

「かしこまりましたワイアット様――」

高笑いするワイアットと、隙のない、痛めつける気などさらさらない、完全な殺意を持って、ラプターを殺そうと攻撃してくるルイスにラプターは舌打ちをした。

「チッ……厄介な――」

「マスター‼　私のことは気にせずコイツらを殺してくださいっ‼」

「黙ってろネズミがぁ‼」

「ぐふっ……‼」

ニシャの腹にワイアットの裏拳が叩《たた》き込まれ、ニシャが膝を崩す。

「黙っていろニシャっ‼」

ラプターとニシャの視線が交わされ、ニシャは一瞬、瞼《まぶた》を半分ほど閉じた。

「シャッ――‼」

ルイスの刺突がラプターの右前腕部を切り裂き血飛沫《ちしぶき》が飛ぶ。

「くっ……‼」

「浅いですね……本当に、アナタが剣を持っていたら……などと、考えるだけでも怖ろしいですよ。本気で殺そうと幾度も剣を振るっているのに、未《いま》だ致命傷の一つも与えられないのですから……ね――ッ‼」

ギリギリでルイスの刺突を半身に構えて躱しラプターの胸部が薄く斬り裂かれる。

「ラプターよ‼　彼奴等《きゃつら》の悪あがきに付き合う必要は無い‼　お主が命を落とす前にワシら王都兵が賊どもを誅《ちゅう》そうぞ‼」

ワイアットとルイスの卑怯《ひきょう》な行為を見かねてクロムウェルが声を上げたが、ラプターがそれを制止した。

「お待ちください宰相閣下‼　そこなニシャは我が主人、ロザリンド様の次に大切な私の半身！　万が一にも殺させるわけにはいかないのです‼」

「ラプターよ……」

「マスター……」

ラプターの言葉にクロムウェルは胸打たれ、またニシャも自分のために ラプターが身を削って時間を稼いでくれていることに、改めて自分がラプターの弟子になったことは間違いではなかったと確信した。

それは、涙が零《こぼ》れそうなほど嬉《うれ》しいことで、だからこそ、ルイスに敗れおめおめとワイアットたちの捕虜になってしまった自分が情けなく、これ以上失態は重ねられないとニシャは冷静にラプターの教えを思い出す――

「シィッ――‼」

ルイスの斬撃がラプターの肩や脚をかすめ、服が裂かれ表皮から血が流れる。

「私を見ているようで、その実私の後ろ、ニシャばかり見ているとは余裕ですね――」

「なに……私は信じているだけだ」

「信じる？　なにをです？」

「世界でたった二人だけ愛する相手、ロザリンド様と……そして、ニシャを――」

次の瞬間ニシャがラプターに視線を合わせ瞳を閉じた瞬間――

「うおおおおおおっ‼‼」

ラプターはこの場にいる全員の度肝を抜くような雄叫《おたけ》びを上げ、地面に革靴が沈むほどの震脚を放った――

「!?」

「うおっ?!」

ラプターの雄叫びとズシンと腹に響く震脚に虚を突かれ、ワイアットとルイスの視線がラプターへ移された瞬間、手枷《てかせ》と手縄を抜けていたニシャは一瞬で身を屈《かが》め、手枷が落ちるよりも早く足首の関節を外して足枷を片方だけ外すと、即座に関節をはめなおし立ち上がり――

「よしっ‼　こっちへ来いニシャっ‼」

「はいっ‼　オラァッ‼‼」

「げはっ?!」

自分の首に繋《つな》がれた縄を握っているワイアットの顔面を思い切り蹴り飛ばしてワイアットの手から首縄を離させると、一目散にラプターへ向けて走った。

ニシャは前にラプターに教わった関節外しの応用で親指の関節を外してワイアットや警備兵に気付かれず手枷を外し、即座に関節をはめなおして縄抜けの技術を使って縄を抜けたのだ。

が、今回の場合、枷だけでなく、手縄がうっ血するほどきつく縛られていたため、親指の関節を外して枷を外し、さらに枷を外したことに気付かれないように枷を手で押さえながら関節をはめなおして縄抜けを行う、という高等技術を使わねばならず、非常に長い時間がかかってしまったのだ。

「話は後だニシャ！　後ろに控えていろ‼」

「はいっ‼」

そしてラプターは腰に佩《は》いていたサーベルを抜き、左手に持って構えた——

——

——

「形勢逆転だな、ルイス？」

「…………そのようですね、きっとこれも運命なのでしょう」

ルイスはこの事態を受け入れたように一瞬瞳を閉じると、覚悟を決めた表情で私を見て構え、口を開いた。

「……恐ろしい、本当に恐ろしい敵だアナタは、だが、負けない——」

自身を叱咤《しった》するように剣を構えなおすとルイスは大きく口を開いた。

「ワイアット・ベルクラント侯爵が第一の従者‼　ルイス‼　参る‼」

「ルイス……覚悟はできているか？　どのような理由であれ、ニシャをこのような目に遭わせたお前は、死以外でその罪を贖《あがな》うことはできない」

「むろん覚悟の上ですよ」

ルイスの言葉に私も応える。

「ロザリンド・ベルクラント様が従僕、ラプター参る――」

剣を構え互いに見合う。

「ふっ……全く……憎らしい男だアナタは。先程までとは違い、今は全く勝てる気がしない……どれだけ演技が上手なのです？」

ルイスはなんともいえない笑みを浮かべた。

「お前の想像に任せよう、ルイス」

そして互いに無言のまま見合う――

「……………」

「……………」

次の一撃で決める、私とルイスは無言の内に互いの気持ちを感じ取った。そしてルイスは全力の一撃を打ち込むため、全身に力を入れる挙動を見せ――

相打ち覚悟の捨て身の突きを放ってきた。どのような致命傷を受けようとも、決して斃《たお》れず、私に必殺の一撃を見舞うために――

「はぁ‼‼」

――が。

それを読んでいた私は突き出されたルイスのサーベルの剣先に自身の剣先を絡《から》めるように受け、巻き上げを放った――

「⁈」

巻き上げられたサーベルがルイスの手から離れ宙を舞った瞬間――

ザスッ――

宙を舞うサーベルが落ちるよりも早く、ルイスの心臓に私のサーベルが深々と突き刺さった――

「ぐっ……がはっ‼」

サーベルが地に落ちると同時に、ルイスは口から血を吐き、よろよろと前のめりによろけ、私にしなだれかかり、悔しそうに口を開いた。

「……まったく……お前を……殺せず……残念だよ……」

「……ルイス……何故《なぜ》ロザリンド様ではなく、ニシャを人質にした？」

もしロザリンド様が人質になられていたのならば、展開はもっと違っていただろう。現に私がルイスと同じ立場だったら容赦なくロザリンド様を人質にとっていた。その問いにルイスは微笑を浮かべた。

「……私だって……一応は……人並みの情が……あるから……ね……それに……ロザリンドはワイアット様の……妹だから――」

「…………」

「それに……本音を言えば……ニシャだって……人質にも……したくなかったんだよ……けど……そのまま戦ったんじゃ……私も……ワイアット様も……お前に……勝てない……」

それは本心だと分かるからこそ、私はルイスという人物に自分との違いを感じていた。ルイスはワイアットに狂信的なまでも、その感性は真っ当な人間であったのだ。

「ルイス……後悔はないか？」

その言葉にルイスは嘲笑《ちょうしょう》で応える。

「愚問だね……お前は……ロザリンドに仕えたことに……一片でも悔いがあるのか……？」

「……確かに、愚問だったな――」

「私も……一つ聞きたい……お前と私……いったいなにが……明暗を分けたんだ……？」

その言葉に私は確固たる自信を持って答える。

「……純粋な実力と、信条の違いだ。お前はどのような運命でも受け入れる者で、私は受け入れられない運命ならば抗《あらが》う者。全てが定められた運命と受け入れる者は努力をしない。何故なら、それすら無駄、なにをどう過ごそうと運命は決まっているのだから。私もかつてはそうだった。お前たちの創造主がもたらした絶望に死を選んだ。だが、今は違う。今の私は、ロザリンド様のためなら創造主にすら抗う。前に立ち塞がるのなら殺してでも、だ。それが私とお前の違いだ――」

次の瞬間、ルイスのポケットからこぼれ落ちた金貨が地面に落ちてクルクルと回り、表を向いて倒れた。

「なるほど……ね……確かに……表……だ――」

視線を落として金貨を眺めるルイスに、私は誰に話すつもりもなかった本心を独白する

――

「……ルイス、私は受け入れられないシナリオ《運命》なら、徹底的に抗い、改変させる。サク＝シャがどう思おうが関係ない――」

「…………」

私の言葉にルイスは目を丸くして軽く笑い――

「ははっ……なるほど……ね――」

得心したといった笑顔を浮かべた。

「さらばだ、ルイス――」

ルイスの心臓からサーベルを引き抜くと、胸から夥《おびただ》しい血を噴き出しながらルイスがよろよろと後ずさり、仰向けに倒れた。

――

――――

（私はあの時誓ったんだ……ワイアット様に拾われた時からずっと……たとえなにがあろうとも、ワイアット様にお尽くしすると。殴られ罵《ののし》られ、進言を聞き入れられずとも痛くも痒《かゆ》くもない。ただ私が心を痛めるのはワイアット様が苦しまれるとき、それだけだ。だからこそ、ここでこの命落とそうとも悔いなどあろうはずもない――）

ルイスは幼少期から今に至る走馬灯と共に、背後に立っているであろう主人へと意識を向けた。

（ワイアット様……私は……貴方様《あなたさま》が望む……忠臣になれたでしょうか――？）

仰向けに倒れたルイスの真後ろに立っていたワイアットは、複雑な表情を浮かべ、ゆっくりと、芥子《けし》の花のような真っ赤な血の海に仰向けになっているルイスへ、なんともいえない瞳を向けて、片膝を突き、もう数秒ももたないルイスとしっかり目と目を合わせ――

「ルイス……今までの忠節、大義であった――」

そう、労《ねぎら》いの声をかけた。

その一言に、ルイスは目を見開いて涙を流し――

「ああ……ああ……もったいなくございます……ワイアット様……私も……貴方様にお仕えできて……とっても……光栄……でし……た――」

そうしてルイスは、嬉しさに涙を流しながら、穏やかに息を引き取った――

ワイアットは暫《しばら》くの間、息を引き取ったルイスの冷たくなった手を握りながら、最後に軽くルイスの頬を優しく撫《な》で、立ち上がり、ラプターを睨《にら》んだ。

「次は俺が相手だラプター‼　八つ裂きにしてくれるっ‼‼」

叫びながら剣を抜いたワイアットはラプターを見て下卑た笑みを浮かべながら続けた。

「類は友を呼ぶとはこのことだなっ‼　ドブネズミに群がる者はお前たち兄妹、オリビア、どいつもこいつもネズミ以下のクズばかりだ‼」

「………」

ラプターは穏やかに最後を迎えたルイスを一瞥《いちべつ》し、剣を捨て、ワイアットに向き直った。

「……お前……なんのつもりだ……？」

装飾の施された兜《かぶと》以外の板金鎧《ばんきんよろい》を装着し、家紋が刺繍《ししゅう》された赤いマントを羽織り、家宝である装飾されたバスタードソード《片手半剣》を構えるワイアット、対するラプターは切り傷塗《まみ》れの身体に、礼服に素手という、ワイアットに比べ、一切防御力・攻撃力の無い状態だ。

「剣は人を斬る物、鎧は人と戦うためのもの、つまり、この二つとも、お前如《ご》き畜生を屠《ほふ》るには不要だ。ワイアット……覚悟しろ？」

ラプターが浮かべた底の見えない闇が広がる瞳、そしてその微笑に、復讐心《ふくしゅうしん》に満たされていたワイアットは一瞬で本能的な恐怖から全身が竦《すく》み肌が粟立《あわだ》った。

「っ……!?　下郎がほざいたな——‼」

ワイアットは震える心を自身を叱咤するように大声でかき消しながら構える。御前試合を優勝するだけあって、普段感情的な癖に、今回はその怒りを押し殺し、冷静に剣を構えラプターへの殺意へと変えるように、腹の底からといったように静かに呟《つぶや》いた——

二十一　変革の幕引き

私は何も構えずに立ったまま、少しだけワイアットに向かって左半身を向け両手を後ろで組みながらただ佇《たたず》んだまま、口を開いた。

「どこからでもどうぞ」

「っ――！　なめられたものだ……！」

対するワイアットは利《き》き腕である右腕を軸に両腕でバスタードソード《片手半剣》を握り、上段に構え、ジリジリと私へ距離を詰める――

「…………」

「…………」

ワイアットの間合いの中へ入る。無手の私に対しワイアットは刀身一メートル以上もあるバスタードソード、リーチの差は明白だ。

だが、一撃で私を切り倒そうとするのならば、もっと深くへ踏み込まねばならない。刃先が触れる程度の距離では牽制《けんせい》にしかならないからだ。

多少肉を斬ることはできても骨を断つことはできず、致命傷を与えることは難しい。ゆえにワイアットはもっと踏み込まざるを得ない。

何故《なぜ》なら、ワイアットの性格上、剣を持っているという優位が、かえって無手の人間相手に負けてはならない、自分は御前試合優勝の腕前。という自負も相まって、自分で自分に圧を与える精神作用が起こっているであろうからだ。

「……っ‼」

そしてそのバスタードソードが、私の軽く向けられた左肩を狙って上段から振り下ろされた瞬間、その予想済みの、いや、わざと誘導し繰り出させた一撃を身体《からだ》を捻《ひね》り髪一重で躱《かわ》し――

「なっ⁈」

私の肩から鎖骨めがけ、肺・心臓を断とうとした渾身《こんしん》の一撃を躱されたワイアットは、流石《さすが》は御前試合一位の腕前か、自身の逸《はや》った、致命的ともいえるこの一撃を、打ち込んだのではなく、打ち込まされていたのだと悟ったようだ。

が、時既に遅し。私はそのままワイアットの両腕を摑《つか》み、剣を振り下ろす力を利用しつつ、背負い投げの要領で地面に投げ飛ばした――

「がっ⁉」

私に右腕を掴まれたまま背中から地面に叩《たた》きつけられたワイアットは、呻《うめ》き声を発したが、本当の地獄はこれからだ――

「ロザリンド様の痛みを知れ――」

私は呟《つぶや》き、掴んでいるワイアットの伸びきった右腕の肘へ蹴りを打ちこんだ。

バギャッ――‼

太い生木が無理矢理へし折られるような音とともに、ワイアットの右腕の肘から先が曲がってはならない方向に湾曲《わんきょく》し、軟体生物のように波打ち、その手から剣が落ちる。

「ぎっ……ぎゃぁあああああああっ‼」

「やかましい」

激痛に悲鳴を上げているワイアットの鼻へ、打ち下ろしの正拳突きを叩き込む。殺さないよう、気を失わないよう、それでいて骨は砕け痛さはしっかりと感じるような絶妙の力加減で――

「ぶぎゃっ⁈」

鼻骨が砕け、男前な顔つきが大惨事になりながら、ワイアットは大量の鼻血と涙を噴き出しながら地面へ大の字に倒れた。その光景を、今の一分にも満たない一連の流れを、領民も騎士も王都兵も宰相も皆、信じられないものを見ている、といったように呆然《ぼうぜん》と眺めていた。

「立て、まだ、終わってない」

「ひっ……まっ――」

ワイアットの髪の毛を摑んで無理やり起き上がらせ、既に戦意を喪失しているワイアットの顔をこちらへ向かせる。

「お前がロザリンド様にどれほどの暴行を加えたか、ニシャからの報告で聞いている……それに、先程はよくも私のニシャを痛めつけてくれたな？　楽に死ねると思うなよ――」

そう呟き――

「なっ、おまっ……」

何か言いかけているその顎へアッパーを見舞う。

「ぐぼっ⁈」

歯が何本も砕け、口の中から血とともにボロボロと歯をこぼしているワイアットへ追撃にその右膝へ蹴りを打ち込む。

ベギッ――‼

「ぎゃあああああっ⁈」

ワイアットは右膝が正反対にへし折れ、地面に倒れた。私はその倒れ、戦意の喪失したワイアットの折れていない左腕の手の平へ右手を絡《から》めるように握った。

「げげっがっ……まっ……?!」

「待たない。ロザリンド様のお心を思えば、お前にはもっともっと苦しんでもらわねばならん」

ワイアットの手の平は何も苦労したことがないことが分かるほどにつるりとしていた。

「御前試合優勝の腕前でありながら、剣だこもできない程度の修練しか重ねていなかったのか？　随分と剣の才能にめぐまれていたのだな。磨けばもっと光っただろうに……」

そのまま指を少し上にずらし、ワイアットの左手の親指以外の指四本を関節とは正反対に圧《へ》し折《お》った。

バキバキバキバキッ——

「ぎっ……ぎゃぁああああああああああああ！！！！」

右肘が折れ、鼻骨が砕け、歯が折れ砕け、右膝が折れ、左手の人差し指中指薬指小指がへし折られたワイアットは涙と鼻血と口から血を流しながら地面に倒れ、体をクネクネと悶《もだ》えさせながらみっともない悲鳴を上げている。

「どうした？　まだたかだか骨と歯が数本折れただけじゃないか。お前がロザリンド様と

ニシャに行った暴行は、その罪は、その全身の骨を砕いても余りある程だというのに

「まっ……待ってくださっ……！」

「待たない。先に決闘を持ちかけたのはそちらからだからな」

私はそのままワイアットが待ってくれと突き出した四本の指があらぬ方向に向いている左手の親指を摑んでベキリと正反対にへし折った――

「きゃぁああああああああ!!!!」

「……そんなに喜ぶな。安心しろ、まだ右手に五本……足の指も入れればあと十五本もあるんだからな――」

「ゆっ……許してくださいっ!!　私の負けでずぅっ――!!」

「そんな都合のいいことが……」

「待てラプター!!　その決闘そこまでじゃっ!!!!」

言葉どおり死なない箇所の骨を全て折り砕こうとしていた私にクロムウェルが待ったをかけた。

「……宰相閣下」

「ラプターよ、既に勝負はついた。これ以上はただの私怨《しえん》。気持ちは分からんでもないが、

このまま続ければ、其方の、ひいてはその主人であるロザリンドへの悪評となるであろう。気持ちはわかるが、どうか堪えるのじゃ」

「はっ！　宰相閣下の御命に従います！」

私は最後にボロボロのワイアットを一瞥し背を向け、地面に投げ捨てた剣を拾い、ニシャへ向くと、ニシャは私の胸の中へ飛びこんだ。

「マスターっ……‼　ごめんなさいっ‼　私が弱くて……マスターに……っ‼」

その続きを言わせないよう私は強くニシャを抱きしめ返した。

「いいんだニシャ……お前が無事で私は心底嬉《うれ》しい。ウソじゃないと、分かるな？」

「はいっ……！　はいっ……‼　でも……血が……怪我《けが》をっ！」

「前にも言ったが、この程度の傷ならどうということはない。腱《けん》も神経も骨も無事だし、奴等《やつら》の気をこちらに向けるためわざと斬らせたんだ。言ったろう？　ロザリンド様の身代わりとなって打擲《ちょうちゃく》を受けたとき、ニシャが同じ目に遭うならそのときも私が身代わりになる、と」

「はいっ……はいっ……‼」

「なら、行こう。ロザリンド様がお待ちだ。きっと目の前で捕らえられたお前を見て、気が気ではないはずだ。早くご安心させてさしあげねば」

「はいっ‼」

そうして返事をしたニシャは涙を拭って私から離れた。

「そこの下郎及びイザベラ・ベルクラント、イライジャ・アンダーソン、及び内通に加担したワイアット一派を捕縛せよ‼」

「「はっ‼‼」」

クロムウェルの号令に王都兵たちが一斉に屋敷の中へ踏み込んで行った。

「閣下、私はロザリンド様を御救出したく思いますれば」

「うむ、行って参れ。それと、くれぐれも早まることはするでないと、ロザリンドに念押しするのだぞっ！」

「はっ‼」

クロムウェルに頭を下げ、イザベラの悲鳴や無実を叫ぶイライジャの声や無理やり従わされたんだと抵抗する使用人たちの声を背に、ニシャとともに地下牢《ろう》へと向かい走った。

「ロザリンド様っ‼」

「ロザリー‼」

地下牢の扉を開くと、そこには、体のいたるところに包帯が巻かれ、創傷紙が貼られた痛々しいお姿の、それでもやはりお美しいロザリンド様がおわした。

「⁈　ニシャっ‼　無事だったのかい⁉　ラプターも！」

ロザリンド様は私とニシャの顔を見て驚いた表情をなされたが、一拍置いて安堵《あんど》し、そしてまた次に血塗《ちまみ》れの私を見て、その白くお美しいお顔から血の気が引いて真っ青になられた。

「ラプター……血だらけじゃないかっ！　大丈夫なのかいっ⁈」

「っ――――」

そんな痛々しいお身体で、初めて出た言葉が私とニシャへの気遣い、それも心底安心したというふうに、そして私の傷を驚かれるように――

その言葉に、私とニシャは駆け寄って、二人でロザリンド様を抱きしめていた。

「ロザリンド様っ――‼　お労《いたわ》しや……っ‼　お労しやっ……！　やはりっ……こんな時間のかかる策など弄さず、この手でワイアットを殺しておけばよかった――‼」

「ごめんねロザリー……‼　私が弱かったから‼　ロザリーに心配かけちゃったっ‼」

「ふっ、二人とも、身体は大丈夫なのかい？」

「「こんなものかすり傷です‼」」

「ふふっ……」

私とニシャの返答に、ロザリンド様はそのお召し物が血で汚れることも気にされず、私を抱きしめ返され、心底おかしいといったように微笑《ほほえ》まれた。

「……なにを、お笑いになられているのです？　ロザリンド様……？」

私はこの体にすっぽりと収まってしまう小柄なロザリンド様を抱きしめたまま口を開いた。この温《ぬく》もりを、一秒でも離したくなかったのだ。

「主従揃《そろ》って、同じことを言うからだよ。少し……妬《や》けるね……でも……二人とも大事がなくてよかった――」

そうおっしゃり、ロザリンド様はぎゅっと、私を抱きしめる手に力を込められた。

「ロザリンド様……」

「ニシャにも言ったが、私のために、お前が手を汚す必要はないんだ。こうして……無事に、私のそばにいてくれるだけで、私は十分なんだから――」

「っ……はっ！　このラプター、たとえなにがあろうと、ロザリンド様のおそばを離れることはありませんっ！」

「ふふっ……それは嬉しい……正直、辛《つら》くなかったといえば嘘《うそ》になるけど……今は、もう、そんなことは吹き飛んでいってしまったよ。よく無事で帰ってきてくれたね、ラプター、ニシャ」

「ロザリンド様……っ」

「ロザリー……っ！」

私は知らず涙を流していた。「薄幸のロザリンド」という作品と出会ってから、そして実際のロザリンド様と出会ってからというもの、私はいつもこうだ。こんなに私の涙腺は緩かっただろうか？

そうして互いに抱きしめ合い、そして、どちらともなくゆっくりと離れながら、私はニシャも抱きしめた。

「わっ――」

「よくやったニシャ。よくロザリンド様を守ってくれた。そして、よく我慢した。目の前でロザリンド様が鞭打《むちう》たれる様を見るのは、自分が鞭打たれるよりも辛かっただろう……」

「っ……はい――っ」

「捕らえられたときも、冷静に教えたとおり対処した……お前は私の誇りだ――」

「マスター……っ！」

ニシャもまた強く私を抱きしめ返した。ロザリンド様がワイアットに暴力を振るわれる様を目《ま》の当たりにし、ルイスに敗れ人質とされたとき、何もできなかった自分を、悔しかった苦しかった思いをかき消すように。

そうしてニシャを十分に抱きしめた後、私は地下牢からは見えない階段に隠れているクロムウェルへ向かって声をかけた。

「……宰相閣下、お気遣いくださりありがとうございます」

いつからクロムウェルがそこにいたのかは分からない。正直、ロザリンド様に再会したとき、気配を探るとか、周囲を警戒するとか、本来なら無意識に行っている行動・思考が全て吹き飛んでしまっていたからだ。もしかしたら最初から聞かれていたのかもしれない。

「すまぬな……別に盗み聞きするつもりはなかったんじゃが、邪魔するのも無粋かと思うてな」

言いながらクロムウェルが姿を現した。

私は頭を下げ、続くようにロザリンド様とニシャが頭を下げた。

「ラプターよ。ワイアット、イザベラ、イライジャ、及びその他内通者は皆捕縛した。後は王都へ連行するのみ。ロザリンドよ、アルビオン王国宰相であるこのデイビッド・クロムウェル、礼を言うぞ。其方は国士じゃ。其方と、其方の従者のお陰でアルビオンは国難を退けることができた」

「ありがとうございます閣下。このロザリンド、この罪悪感に対し、せめてもの救いになるお言葉でございます——」

そうしてロザリンド様は鞭《むち》の痣《あざ》が残る両腕をクロムウェルへ向かって差し出した。まるで、手枷《てかせ》をかけてくれと言わんばかりに――

「……これはなんのつもりじゃ、ロザリンドよ？」

「閣下、大逆者は一族郎党処刑されるが慣わし。いわずもがな、私も大逆者の実妹でございますれば、その罪は免れようもございません」

ロザリンド様の言葉に、その様式美ではなく本気の様子に、クロムウェルは心打たれたような表情を浮かべた。

「そっ、そのようなことはないっ！　其方は死んではならぬ‼　生きてベルクラント侯爵となり、アルビオンを支えてもらわねばならんっ！　国王陛下もそう望まれておられるっ！」

クロムウェルの言葉にロザリンド様は小さく笑みを浮かべられた。

「……閣下、閣下は私のことを国士と称してくださいましたが、いくら敵と内通しているとはいえ、実の兄と母を裏切り、密告するような不孝者を国士とは呼べません。ワイアットと同じく、私も人の道に反しているのでございます。ですから閣下、私は縛《ばく》につき、処されるべきなのです。そして、ベルクラント家一族郎党が処刑され、初めて王国の御政道を正すことができるのです――」

信じられないといったようにクロムウェルが半ば感動したような声を上げた。

「其方……其方は……今年で十一になったばかりと聞く……そして、生まれてからずっとこの牢に監禁され、家族どころか人扱いもされず、暴力を振るわれていたことも。だというのに……それでも、其方は、あの兄と母のために、己も死すと言うのか……？」

「はい閣下。血とは、家族とは、きっと、そういうものだと思いますから……」

――――

ロザリンドの痛々しい姿、そしてその美しさ、高潔さ、それら総《すべ》てがクロムウェルの琴線に響いた。クロムウェルは絶対にこの者を殺してはならないと改めて確信した。

少し接しただけで分かった。このラプターという男も並の男ではないが、その男が命を懸けてまで仕える主人もまた並ではないのだと。

そしてクロムウェルは、これだけ痛々しい虐待を受けながらも、それでも家族だからと、本気でともに処刑されようとするロザリンドの心の美しさに思わず涙が出そうになったほどであった。

「ロザリンドよ、これは国王陛下の王命でもあるのだ。其方は死んではならぬ。ワイアットに代わってこの領地を良く治め、領民を慈《いつく》しみ、そして有事の際には国のために兵を率い戦ってほしい。それができるのはロザリンド、其方だけだ。頼む。このとおりだ——」

——————

そう言ってクロムウェルが頭を下げた。

「かっ、閣下、頭をお上げくださいっ。私のような下賤な者に閣下が頭を下げるなど……」

「いいや、其方は下賤ではない！　下賤とは爵位と領地を受けながら、私腹を肥やすことしか考えぬワイアットのような者共のことをいうのだ！　ゆえに、其方がベルクラント侯爵へ就任すると決意してくれるまで、ワシは意地でもこの頭を上げぬぞ‼」

「ロザリンド様っ！　私からもお願いでございますっ！　どうかベルクラント侯爵となられてくださいっ！　もしロザリンド様が死をお選びになられるというのなら、このラプター、今すぐにでもこの命を絶ちましょう‼」

「ロザリー、マスターが死ぬなら、アタシも死ぬよ」

「閣下……ラプター……ニシャ——」

ロザリンド様は驚いたように声を上げられたが、ひと呼吸して、覚悟を決めたように、口を開かれた。

「……閣下、ベルクラント侯爵就任のお話、このロザリンド・ベルクラント、及ばずながら、謹んで、拝受《はいじゅ》いたします」

「まことかっ⁈　二言はないかっ⁉」

「はい閣下。王命、そして閣下のお心遣い、そしてこの愛する二人の従者の命……全てが何物にも代え難《がた》いものですから――」

「うむっ、ならばワシは準備があるゆえ先に出ておるぞ！」

そう言ってクロムウェルが鼻息荒く地下牢を出て行った。

「ロザリンド様……やっと……やっとこの日がやって参りましたね……」

私は開け広げられている地下牢の扉を見た。

「ああ……そうだね。お前がこの屋敷へ来るまで、私は牢の外へ出られるなんて、思ったこともなかった。オリビアが私を励ますために、いつか出られると言ってくれていたが、それが無理なことは幼心に分かっていた……」

私の言葉に感慨深げにロザリンド様が頷《うなず》かれた。

「けど……お前は私に言ったね、初めて出会ったその日に――」

「はい。貴女様《あなたさま》をこの牢からお救いし、貴女様を幸福にさせる、と」

「お前は凄《すご》い男だラプター。まさか本当に実行するなんて思ってもいなかった……」

ロザリンド様は瞳を閉じ一呼吸すると、目を開いて真《ま》っ直《す》ぐに私を見られた。

「ラプター」

「はい」

「私の前に来て跪《ひざまず》くんだ」

「はっ！」

私は言われたとおりロザリンド様の前に跪いた。

「……ラプター、お前を、私の従者として認める。健やかなるときも、病めるときも、死が二人を分かつまで、絶対に私のそばから離れるんじゃないぞ――」

そうして、本当に優しく、ロザリンド様は私の両頬に手を当てられ、額に口付けをしてくださった。

「………………」

私はあまりの衝撃に、しばらくの間言葉がでなかった。間の抜けた顔でぽかんと口を開けて惚《ほう》けていた。

我に返ったのは、頬が紅潮《こうちょう》し、恥ずかしそうな表情を浮かべられていたロザリンド様のお顔を見たからだ。

「っ……！　ハッ‼　このラプター、何があろうと、終生ロザリンド様に尽くします‼　いいえ、死すら私とロザリンド様を分かつことはできません‼　私は何世《なんせい》でも私が私であり続ける限り、ロザリンド様にお尽くしいたします‼」

「ありがとうラプター……とても嬉しいよ。私も、私が私である限り、何世だってお前を私の従者にしたい」

私たちは見詰め合って信頼と愛を確かめ合った。

「ニシャ」

「なに？　ロザリー」

「わがままなお願いになるんだが、ニシャには、従者じゃなくて、私の友達になって欲しい。ダメ……かな……？」

そう問われるロザリンド様のお顔は、恥ずかしそうで、それでいて断られたら怖いといったような、非常に愛くるしく、いじらしく、抱きしめてさしあげたくなる表情だった。

対するニシャも、友達とは、生まれて初めて言われた言葉なのだろう。どうしたらいいのか、どう答えればいいのか？　といったように、一瞬驚いたような顔をしながらも、不安そうなロザリンド様を見て、姉のような優しい笑みを浮かべた。

「うん……もちろんだよロザリー。これからもよろしくね」

「あああっ、ああっ！」

そうしてロザリンド様とニシャに傷の応急手当てをしてもらい、改めて絆を深めあった私たちは、ロザリンド様を念願の外へお連れするため、屋敷へと繋《つな》がる階段を手で示した。

「さぁ、参りましょうロザリンド様」

「ニシャ……手を握っていてくれ。なんだか怖いんだ。ラプター、私のそばから離れるなよ」

「うん、ロザリー」

「はい、ロザリンド様」

そうしてロザリンド様は、勇気を出して、地下牢から一歩を踏み出された。

「ああ……本当にこの時が……」

地下牢を一歩出たロザリンド様は立ち止まって、感慨深げにそう呟かれた。私たちはそのまま、ロザリンド様が次の一歩を踏み出すための心の整理が終わり、勇気が出るまでお待ちする。

「……いいよ。行こう――」

「では、ロザリンド様、あちらが屋敷へと繋がる階段でございます」

そして私たちは階段を上り、屋敷の中に出てエントランスへと出た。王都兵の突入により、いつもより多少散らかってはいたが、高級な絨毯《じゅうたん》の敷かれた廊下、美しい調度品の数々、それら全てにロザリンド様は驚かれているご様子であった。

「まるで物語の中みたいだ……ラプター、外が見たい――」

「かしこまりました。ならば、バルコニーがよろしいでしょう」

エントランスの階段を上り、先ほどまでワイアットが喚《わめ》いていたバルコニーへ出た。もちろん、日傘をさしてロザリンド様を日光からお守りしながら――

「っ……！　眩《まぶ》しいね……これが陽の光……なのか……」

ロザリンド様は初めて見る直《じか》の陽光に目を細められ、腕で目を庇《かば》いながら、目が慣れてくると、腕を離して、目を開き、バルコニーから見えるベルクラント邸の庭、そしてその下に見える、林、畑、ペンドラゴンの街並み、それらを見渡しながら息を呑まれ――

「ああ……ここが……オリビアの言っていた……外の世界……なのか――」

感慨深げに、そうおっしゃった。

「……いかがでございますか？」

「うん……とっても……美しいね――」

ロザリンド様はそうお答えになられ、言葉にならないといったように、しばらくの間じっと外の風景を眺められた——

二十二　新ベルクラント侯爵就任

ロザリンド様が地下牢《ろう》から出た外の世界、そして屋敷の中を十分に堪能《たんのう》いただいた後、王命を聞くため三人共着替え、クロムウェルがエントランスの大階段の踊り場に立ち、その下にロザリンド様を先頭に、その後ろに私とニシャが跪《ひざまず》いて控えた。

「ここに国王陛下の王命を伝える！　ロザリンド・ベルクラントは孝を知りながらも、国のため、他国と内通した実兄である逆賊、ワイアット・ベルクラントを自らの命と引き換えに告発し、国難を退け、政道を正した。これは、アルビオン王国始まって以来の忠義的行いである！　ゆえに余はロザリンド・ベルクラントに、ワイアット・ベルクラントが所有していた、爵位及び領地・資産全てを相続させ、ベルクラント侯爵へ封ずるものとし、さらには報奨金を与えるものとする‼　以上である‼」

「……拝受いたします――」

クロムウェルが持っていた王命書をロザリンド様が恭しく受け取り、ベルクラント侯爵相続の儀が完了し、名実ともにロザリンド様がベルクラント侯爵となられた——

「それではワシは王都へ戻る。ロザリンドにラプターよ、達者での。また王都で会える機会もあるじゃろう。その時を楽しみにしておるぞ」

「ありがとうございます。閣下も、お達者で。道中お気をつけください」

そしてクロムウェルと、手枷足枷《てかせあしかせ》をされ檻車《かんしゃ》に乗せられたワイアットや騒ぎ暴れるため猿轡《さるぐつわ》をされたイザベラ、そして諦めきったイライジャたちを見送った。クロムウェルの心遣いか、檻車には幕が下ろされており、中が見えないようになっていた。

「……ダメだ……やっぱり、何も感じないね——」

またバルコニーに上がり、去っていくワイアットとイザベラ、処刑されることが決定している、実の兄と母が乗っている檻車を眺めながらロザリンド様は寂しげにそう呟《つぶや》かれた。

「ロザリンド様……」

「でも、おかげで一つ分かったよ。私はやはり、血の繋《つな》がった家族よりも、ラプターやニシャのほうが大事なんだってことがね」

「……私は孤児ゆえ、家族を知りませんが、恐らくいたとしても、絶対にロザリンド様のほうが大切だと断言できます」

「私もマスターと同じ意見だよロザリー。ほら、あんまり外にいると体に悪いんでしょ？

アイツにやられた傷も治ってないんだから、早く中に入ろ」

「ああ、そうだね。ありがとうニシャ」

そして中に戻った私たちはエントランスに屋敷に勤める使用人たちを全て集めた。

「皆も先ほど見たとおり、本日をもって私、ロザリンド・ベルクラントが新当主、ベルクラント侯爵となった」

「「「おめでとうございます」」」

使用人たちは儀礼的にそう口を揃《そろ》えて祝辞を述べたが、この集まった内の八割はロザリンド様の陰口を叩《たた》いていた者等だと私は知っている。

「ありがとう。皆も今回のことを驚いていると思うが、私はもっと驚いている。見てのとおり、まだ十一歳の、それもずっと地下牢に監禁されていた、外の世界に出てまだ二時間足らずの、世間知らずな日光病持ちの小娘だ。この中には私のことを知らぬ者もいることだろう。ゆえに私は、今回私に忠節を尽くしてくれた、我が従者であるこのラプターを家令へと任命し、屋敷のこと一切を任せ、そしてこのニシャを女中長に任命する。以上だ」

ロザリンド様のお言葉に集まった使用人たちがザワザワと反応した。

中にはカーターやアンガスといった友好関係を築いた者たちからは拍手が上がったが、ほとんどの反応は驚愕《きょうがく》や、納得がいかない、といったものであった。

何故《なぜ》なら、家令とは主人《しゅじん》に代わってその家の使用人一切を執り仕切る立場であり、もちろんそこには使用人の解雇・雇用権も入っている、使用人の中の最高責任者であるからだ。

私はロザリンド様に頭を下げ、一歩前へ出た。

「私が新家令に命じられたラプター・ラルフでございます。早速ではありますが、家令として、このお屋敷の風紀を正したく思いますれば、今から名前を呼ぶ者は前へ出てきてください」

そして私はロザリンド様の陰口を言っていた者、主人に気に入られていることをいいことに横柄《おうへい》な態度を取り、真面目に仕事をしなかったイザベラの情夫、ワイアットの情婦、そしてイライジャの愛妾《あいしょう》の名を呼び上げ、解雇を通告した。すると、予想どおりそのうち何人かの古参使用人や、懐柔した用済みのクズ共が「お前によくしてやったじゃないか!」「恩知らず!」「誰のおかげで今の地位に就けてると思ってんだ‼」等の罵声すら聞こえた。

「…………」

が、私が殺気を込めて睨《にら》み付けると全員が萎縮し、黙って俯《うつむ》いた。

カーターやアンガスを含めた残された使用人たちは、私に同意するように、擁護できないやつらばかりだというような反応をしている。

「アナタたちの正当な解雇理由を一つ一つ述べてもいいのだが、それをしないのは、せめてもの情けであると思ってください。そして、この解雇に心当たりがない者がいるのなら、遠慮なく前へ出てください」

私の言葉に全使用人の八割に当たる解雇通告を受けた使用人たちは皆黙ってしまった。

「安心してください。私は違いますが、ロザリンド様はお優しいお方、人格者であらせられます。ワイアット・エドワード・イザベラのようなことはなさいません。アナタたちのような愚者にも、勤続年数に見合った退職金をお渡しになりますし、領地追放に処することもありません。ですから各々、自身の過ちを悔い改めることを祈ります。ですが、これ以上の狼藉《ろうぜき》はロザリンド様がお許しになっても、このラプターが許しません。今から一時間以内に荷物をまとめ、この屋敷を去ってください。もしこの決定に従わないというのなら、その身の安全は保証されないと思うといいでしょう。丁度、地下牢にも空きができましたから――」

私の言葉に解雇を通告された使用人たちは血相を変えて荷物をまとめ、退職金を受け取って屋敷を後にしていった。

ロザリンド様はこれからは自分の部屋となる当主の部屋の三人がけのソファーに座られ、私の決定に異議を挟むことなく、ニシャに淹《い》れてもらった紅茶に口をつけながら、仕方ないなといったように微笑《ほほえ》まれた。

「まったく……あれだけ使用人を解雇してどうするんだラプター？　これではこの屋敷がすぐに廃屋となってしまうじゃないか」

「ご安心くださいロザリンド様。家令補佐の執事アンガス、料理長カーター等必要最低限の人員は残しましたので、この屋敷の運営は行えます。それに、失った人員に対し、既に手は打っておりますゆえ」

「そう……ラプターがそう言うなら安心だ――」

「はっ！　ありがたきお言葉でございますっ！」

ロザリンド様のお言葉に頭を下げニシャを見た。

「ニシャ、例の件のほうはどうだ？」

「はいマスター。手紙に資金を同封して出しましたので、早ければ五日後にでも到着するかと思われます」

「うむ、ならばよい。後はペンドラゴンへ使用人募集の貼り紙と、その際ロザリンド様のご人徳を広めることも忘れるな」

「もちろん、抜かりなくございますマスター」

「うん……流石《さすが》は私のパートナーだ誇らしく思う」

ニシャの頭を撫《な》でながらこれからのことを思案する。使用人の数、忠誠心、そしてベルクラント領民たちがロザリンド様に抱く感情を好意的なものとする数々の策を――

「ロザリンド様、このラプター、献策《けんさく》したきことがございます」

「うん、何だいラプター？　お前が言うことだ。全て許可するが、一応は聞かせてくれ」

そのロザリンド様の私への信頼がこもったお言葉に、胸を熱くしながら口を開いた。

「はっ！　まずは、ロザリンド様が新領主へと就任した祝いとして、ベルクラント領における今年度中の租税の免除及び、来年度から税率を現在の八公二民から、七公三民、そして年度毎《ごと》に一公ずつ減税し、最終的に三公七民への大減税を提案したく思います！」

「ふむ……ラプターが言うのなら大丈夫だろうが、その税率で我が領はやっていけるのか？　王国に課された戦時の兵士供出や、領地の運営を？」

「はっ！　現在我がベルクラント領ではワイアットやエドワードが築いた隠し財産、及び国王陛下からの報奨金により資金に余裕がございます。それを踏まえ試算に試算を重ねた結果、問題ないと結論付けました！　どころか、長期的に見れば、低税率である我が領に他領や他国からの移住、移民も見込め、人口が増え、現在の税率よりも税収は従来と同等、もしくは、増収が見込める、という結論を出しました。そして、ロザリンド様の善政により領民はロザリンド様を慕い、ロザリンド様に対する、忠誠心厚い領民兵を集めることも

る。

仮に試算が外れ税収が下がったとて、【設定資料集・その他項目に載っている国債・証券相場の変動】やその他諸々《もろもろ》の情報を知っている私は、資金を得る方法ならいくらでもある。

そのため、どのような事態が起これども、ベルクラント領が資金難に陥ることになることはないのだ。

「ちなみに最初から三公七民にしない理由は？」

「権力掌握のための加害行為は一気にやってしまわねばなりませんが、逆に、恩恵はよりよく民に味わわせる為《ため》に小出しにしていくのが最も効果的なのです」

「うん……なら、全ての責任は私が持つ。後はラプターの好きなように進めるといい」

「はっ！　ありがたき幸せでございますっ！　そしてもう一つ、ロザリンド様のご人徳を世間に示すため、エドワードやワイアットに不本意ながらも情婦とされ、屋敷を追放された女中たちへの見舞金を賜《たまわ》りたく思います」

「確かに……父上兄上のせいで本意ではなく情婦扱いされた使用人は数多く、中には孕《はら》んでいた者もいたと聞く。もしその子供が生きていれば、私の異母兄弟、甥《おい》や姪《めい》ということになる……それもお前の好きなとおりにするといい」

「はっ！　ありがとうございますロザリンド様っ！」

諸々の話し合いが終わる頃には既に夜も深くなっていた。夕食を摂《と》られ湯に入られたロザリンド様は、今日からご自身のベッドとなる、天蓋《てんがい》付きの大きなベッドの上でご不安を覚えたのか、不安げにニシャを見られた。

「ニシャ……一緒に寝てくれ……この幸せな時間が、幸せな今が、夢じゃないかって、不安なんだ――」

「ロザリー……」

「ニシャ、風呂《ふろ》へ入って来い。それまで私はここでロザリンド様のおそばにいる」

「はいマスター」

そしてニシャが風呂へと向かい、私はベッドに横になるロザリンド様の横に椅子を持ってきて座った。

「やはりこのベッドは、私には大きすぎるね」

ベッドの真ん中で大きな羽毛枕に頭を沈めていたロザリンド様は、よじよじとベッドの端まで身を寄せ、椅子に座っている私を見上げられた。

「やっぱり、この距離がいい。この距離が、私が眠るときのラプターとの距離だ」

ロザリンド様はそうおっしゃって私の執事服の裾を軽く握られた。

「……光栄でございます、ロザリンド様――」

ロザリンド様のお可愛《かわい》らしさと健気《けなげ》さといじらしさに心打たれ、そして嬉《うれ》しさに胸があふれる。

「ロザリンド様……たいそうお疲れになったことでしょう……」

私はロザリンド様の左手を両手で握った。

「うん……確かに疲れたかもしれない……けど――」

おっしゃりながら、ロザリンド様は私を真《ま》っ直《す》ぐに見つめ――

「お前とニシャがいてくれる。それだけで私は十分だ。これからは領主として領民のことや、この屋敷の使用人たちのことも思っていかなければならないけど……一番大切な二つが今ここにある……私は、それだけで十分なんだ――」

その言葉に私は心を打たれた。心臓を鷲掴《わしづか》みにされた――

「ロザリンド様……私もニシャも、決してロザリンド様から離れることはございません。このラプター、命を懸けてお約束いたします――」

「ふふっ……それは嬉しいな……大体お前は……初めて会ったときから……おかしいヤツなんだから……」

うとうととロザリンド様がまどろまれ――

「……ラプター、前に……提案してくれたこと……覚えているかい……？」

「どのことでございましょうか？」

「……私に子守唄を歌おうか……と言ってくれたことだ……」

「もちろん覚えてございます」

「……歌って欲しい……それで……私が眠るまで……頭を撫でていて欲しい——」

恥ずかしげな、少し潤んだ無垢《むく》な少女の瞳でそうおっしゃったロザリンド様のお姿は、先程までクロムウェルと相対していたときのような、立派な主人然とした凜々《りり》しいお姿とは打って変わって、年相応の寂しがり屋な少女の顔がそこにあり、私は思わず抱きしめたくなる衝動にかられた。

「……もちろんでございます。では——」

なんと愛《いと》しき主人、絶対に幸福にさせると思いながら、優しく、シルクのような御髪《おぐし》を撫でながら子守唄を歌う——

「眠れ——。眠れ——。私の胸に——。眠れ——。眠れ——。私の手に——。こころよき歌声に——。むすばずや楽しい夢——」

やがて静かな寝息が聞こえてきた。

「おやすみなさいませ、ロザリンド様——」

エピローグ――

ロザリンド様が新領主に就任されてから約一年が経《た》とうとしていた――

短期間の内の二度に及ぶ領主変更に最初は動揺を見せていた領民たちであったが、新領主であるロザリンド様が施行なされた減税を始めとする数々の善政に民心は鎮《しず》まり、ロザリンド様への期待を高まらせ――

そしてエドワードやワイアットから慰み者として不当に扱われた女中たちに対する慰謝料が下されたことに、領民達はその徳を称《たた》え――

さらにお優しいロザリンド様の行いを、私やニシャ、そして新たに組織したベルクラント家諜報《ちょうほう》部隊である「猟犬」たちの工作活動により人の心を打つように、さらにロザリンド様が神の恩恵に与《あずか》った加護人である、という宗教的要素も絡めて大きく広めた結果、ベルクラント領の領民たちは皆熱狂的なほどにロザリンド様を支持するようになった。

新しく雇用した使用人たちも全員私が直接面接し、ロザリンド様に対し不敬がないか、人間性に問題はないか、間者ではないか、人間関係に問題ないか、経歴に怪しいところはないか、過去に何か問題を起こしていないかを徹底的に調べ上げ採用した者たちであるため、皆心清い働き者ばかりだ。

「猟犬たちは上手《うま》く暗躍してくれているようでなによりだ」

ロザリンド様から非番をもらった私は、ガゼボの椅子に座り、紅茶を飲み、読んでいた猟犬の報告書を置きながら、後ろに控えているニシャへ声をかけた。

「はいマスター。皆、私を慕い、マスターやロザリンド様を信仰し、上手く働いてくれています」

「それはなによりだ……」

猟犬とは、私が組織したベルクラント家の諜報部隊だ。

ロザリンド様が新当主に就任されるにあたって私は、秘密裏のロザリンド様の身辺警護、及び諜報活動、そして時には暗殺を行える人員を欲しており、そこで目を付けたのが、スラム街を女手一人で生き抜くニシャを慕っていた、スラム街の少女たちであった。

ニシャによって召集された彼女等《ら》は、この屋敷へ集まった当初、ニシャが慕う私へ懐疑的であったが、私がニシャに行ったように、いや、もっと暴力的な方法によって完膚なきまでに打ち負かし、反抗的なその牙をへし折り、そしてその後、命を狙われない安全な家に温かい食事、服、風呂《ふろ》の提供を約束し、飴《あめ》と鞭《むち》を使い分け、徹底的に主従関係を教え込み、躾《しつ》け、訓練した。

結果、今彼女等は一流の戦闘技能を持ち、ロザリンド様や、私、ニシャのために命を捨てられ、ロザリンド様への秘密裏の護衛を主任務に、時には諜報・工作活動・暗殺も行える一流の諜報員となった。

猟犬はその性質上、ベルクラント家内でもその存在を知っている者は私とニシャのみであり、ロザリンド様ですらご存じではなく、普段はベルクラント家女中として他の女中や使用人に紛れて働いている。

「全ては万事順調か……ベルクラント領は並べて事も無し……実に結構──」

「マスター、ロザリーがマスターに用があるとのことで、すぐにでも領主用の食堂へ来て欲しい、とのことです」

「なにっ？　なら早く行かねば、ロザリンド様を一秒でもお待たせするわけにはいかん」

私は急いで読んでいた報告書をランタンの火で燃やし灰にすると、ニシャとともに屋敷の食堂へと急いだ。そして食堂の扉を開くと──

「よいしょっ」

ロザリンド様の可愛《かわい》らしいお声とともに、扉の上に仕掛けられていたくす球が割れ、私の頭に大量の紙吹雪がヒラヒラと舞った。

「こっ、これは……？」

「ラプター、さ、席についてくれ」

「ろ、ロザリンド様？」

「そうですよマスター」

ロザリンド様とニシャは動揺している私の背中を押して、ケーキやチキンといった数々の御馳走《ごちそう》、それも見るからに料理人が作ったのではなく、二人が作ってくれたであろう料理が並んでいた。

「ど、どういうことでしょうか？」

「ラプター、今日が何の日か覚えているかい？」

「はい。忘れようもありません。十一月十四日、私とニシャがロザリンド様と出会った日でございます」

ロザリンド様のお言葉に即答する。

「そう。私はお前とニシャに出会って、心も身体《からだ》も助けられ、救われた」

「そして私も、マスターと出会って、そしてロザリーと出会って身も心も救われました」

ロザリンド様にニシャがそう続けた。

「ラプター、お前は前から孤児出身ゆえ誕生日は無い、分からないと言っていたね。だからニシャと二人で話し合ったんだ。今日をラプターの誕生日として二人で祝おうってだから……」

「「誕生日おめでとうラプター・マスター」」

二人が満面の笑顔でおめでとう、と、私を祝ってくれている。

「…………」

私は言葉がでなかった。喜びなのか、嬉《うれ》しさなのか、感動なのか、自分でも分からないほどに、これが感慨無量というのだろうか？

「あっ……ありがとうっございますっロザリンド様っ、ニシャっ」

声が震え、気付けば頬を涙が伝っていた。幸せで涙を流したのはこれが初めてだ――

「ありがとうラプター。私は、キミのおかげで、幸せだよ。心底幸福だと、自信を持って言えるほどに――」

「ありがとうございますマスター。マスターのおかげで、私も、心の底から幸せです――」

二人の言葉に、また、胸を打たれる。これが幸福というものなのだろう。

幸せと、自分ではなく自分が愛する人が、幸せだと、その愛する幸せな人に、この幸せはアナタが贈ってくれたものだと感謝をされる――

なんて、なんて温かいんだ……そうか……これが「幸福」というものなのか――

「私も……生まれて初めて……心の底から幸福というものを感じられました……二人とも……ありがとう――」

私はきっと、二人と同じく満面の笑みを浮かべていたのだろう。演技ではない、心からの、それも自然に出た笑顔。だからだろうか、ロザリンド様もニシャも、たいそう驚いたような表情を浮かべているのは――

そうして私たちは心行くまで誕生会を楽しんだ。

そして、だからこそ、この物語はもう、薄幸のロザリンドなどとは呼ばせない。この物語は改題されなければならない――

「幸福のロザリンド――」

と――

あとがき

本書をお読みくださり、本当にありがとうございます。

貴方様《あなたさま》へ、この桜生懐《さくらいかい》、心より感謝申し上げます。

本書は、漫画・アニメ・ゲームといった二次元作品における不幸なヒロインやキャラクターたちを、「自分が物語の中に入って救いたい」「主人公じゃなくていい。ただキミの笑顔を守りたい」という、昔から抱いていた思いを一つの形にしたものです。

それが結実し、光栄にも第34回ファンタジア大賞にて金賞を頂戴することとなり、こうして刊行され、そしてなによりも、貴方様に読んでいただけたということに、この桜生、感慨無量の心地であります。

受賞が決まりましてから、本書を刊行するまでにも、改稿・改題と色々なことがありましたので、その思いもひとしおです。

担当のS氏から様々な助言を受け、意見を交わし合い、新しい登場人物や、新たな見せ場等《など》のシーンを作り、矛盾点を解消したりと、推敲《すいこう》に次ぐ推敲と改稿に改稿を重ね、結果、応募したときの初稿から実に一・五倍近く文字数が増え、同時に内容も初稿の何倍も良くなり、改題にS氏ともども頭を悩ませ、互いに百近くの候補を出し合って、決定されたメインタイトルが「純白令嬢の諜報員《ちょうほういん》」でした。

そうして本文、タイトルと続き、最後の仕上げはイラストでした。

本作のイラストを担当してくださったのは、ファルまろ先生でございます。

ファルまろ先生の画力の高さやその才は、私がここで言葉を何遍も重ねるよりも、表紙絵・口絵・挿絵と、実際に先生のイラストをご覧になられた貴方様ご自身がよくお分かりになられていることと存じます。

そうして様々な人たちの手によって完成したものが、本書『純白令嬢の諜報員』です。

本書が皆様の日々の生活のなかでの、笑顔や楽しみの一助になることができれば、この桜生、これ以上の喜びはございません。

そして、金賞を受賞させてくださった審査員の方々、編集部の皆様、S氏、ファルまろ先生、そしてここまでお読みくださった貴方様に、改めて心よりの感謝を申し上げます。

私に幸せをくださった皆様に、ご健勝とご多幸がありますよう、心より願っております。

敬具

富士見ファンタジア文庫

純白令嬢《じゅんぱくれいじょう》の諜報員《ちょうほういん》
改編《かいへん》I. 侯爵家《こうしゃくけ》変革期《へんかくき》

令和4年1月20日　初版発行

著者——桜生《さくらい》 懐《かい》

発行者——青柳昌行

発　行——株式会社KADOKAWA
〒102-8177
東京都千代田区富士見2-13-3
0570-002-301（ナビダイヤル）

印刷所——株式会社暁印刷

製本所——本間製本株式会社

ISBN978-4-04-074397-4 C0193　◇◇◇

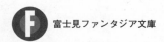

切り拓け！キミだけの王道
ファンタジア大賞
原稿募集中！
賞金
《大賞》300万円
《金賞》50万円
《銀賞》30万円
細音啓「キミと僕の最後の戦場、あるいは世界が始まる聖戦」
橘公司「デート・ア・ライブ」
羊太郎「ロクでなし魔術講師と禁忌教典《アカシックレコード》」
ファンタジア文庫編集長
前期締切 8月末日
後期締切 2月末日
サイトはこちら! https://www.fantasiataisho.com/
イラスト／つなこ、猫鍋蒼、三嶋くろね